残念聖女と一角獣の騎士

わたしの騎士になってください！

倉　下　青

A O K U R A S H I T A

一迅社文庫アイリス

CONTENTS

ミルテ
18歳。スノフレイの泉の泉主。砂色の髪、茶色の目の持ち主。その言動から『残念聖女』と呼ばれている。幼い日に両親を喪い、一角獣に森に導かれて聖女になった。前向きな性格。
ラース
19歳。東の辺境セフェイル帝国の帝子。青みがかった黒髪、金朱色の目の持ち主。一角獣騎士の候補である修騎士。公正を重んじ武勇に優れ、眉目秀麗。
残念聖女と一角獣の騎士
わたしの騎士になってください!

サクリーナ

一角獣がよく現れるバランシェの泉の聖女。聖女にふさわしい清らかさを称えられている。

リシャル

大国ブラネーシュ王国の大貴族の子。サクリーナ付きの修騎士。

ベルゼリア

スノフレイの泉の先代の泉主で、長身の美女。何人もの一角獣騎士を導き、尊敬されていた。

用語

■一角獣

カンディカレドの森に点在する泉に現れる一角双蹄の聖獣。泉主に心を開き、彼女が認めた騎士と〈盟約〉を結んで従う。

正しさを象徴し、一角獣騎士となることは騎士にとって最高の名誉とされる。

■泉主

カンディカレドの森の聖女で、一角獣が現れる泉を任された者たち。
年齢に関係なく師となり、修騎士と呼ばれる弟子と一角獣との〈盟約〉を仲立ちする。
出自は孤児から王侯貴族子女までいろいろ。

■一角獣騎士団

一角獣騎士となった各国の騎士たちが終生所属する騎士団。
本部はカンディカレドの森にあり、自身の一角獣を看取った老騎士たちが帰ってくる。

イラストレーション◆jenny

序章

丘の上の街を暁色に染める輝きに背をむけて、ミルテはふらふらと歩いていた。

吹きつける夜風が冷たかった。

「……おなか……すいたな……」

ミルテはぼんやりつぶやいて、歩きながら目をつぶった。

目を開けたら夜は明けていて、きっといつもの朝になっている。家の小さなかまどには火が燃えていて、母があつあつの朝食を作ってくれている。

「丸パンでしょ、玉ねぎとチーズのスープでしょ、塩漬肉の包みパイでしょ、あと……」

今朝はずいぶんごちそうだな、と父のはずんだ声がした。だってミルテがおなかがすいたってさわぐんですもの、と母が笑う声がした。

狭いテーブルからあふれそうに料理が並んで、父とにんまり笑いあって、そこに母が湯気が立つ最後の皿を持ってきて――と、そこでミルテは小石につまずいて転んだ。

勢いよく擦った頬(ほお)の痛みに、幸せな夢は消え失(う)せた。

八歳のミルテは、夜の丘陵(きゅうりょう)にひとりきりだった。

（……もう、いいや）

目を開けたところで、暖かな部屋やあつあつの朝食はどこにもない。ミルテは倒れたまま、冷たい夜の丘と風に身をゆだねようとした。

だがそのとき、固く閉じたまぶたごしに、おぼろな光が見えた。

ミルテはのろのろと顔をあげた。

遅い月が照らした丘に、静かな銀色に輝く獣がいた。

すらりとしながらも力強い四肢と首。たてがみと尾は軽やかに風に流れ、その額から伸びる一本の角が夜空を凛（りん）と指している。

「一角獣――」

ミルテは目をみはった。

はるか彼方（かなた）カンディカレドの森にときどき現れると伝えられる、聖なる獣。清らかな聖女に心をひらき、聖女が認めた強き騎士に従うという。

だが、聖女や騎士らしき人影はない。一角獣はただ一頭でここにいるらしい。

一角獣はゆっくりミルテに近づくと、鼻面をミルテの頬に寄せた。擦り傷をいたわるように、そしてミルテをはげますように。

ミルテは、その鼻面に触れてみた。一角獣はいやがらず、むしろさらに顔を寄せてきた。

「……あなたも、ひとりなの？」

ミルテはその場に座りなおし、一角獣の鼻面をなでた。

一角獣は夜空色の大きな瞳でミルテを見つめると、ゆっくり座りこんだ。乗れ、と言うかのように、顔を動かして自分の背を示す。

「え、いいの？　わたし、聖女じゃないし、もちろん騎士でもないよ？」

一角獣はもう一度、同じ動作をくりかえした。

ミルテは一角獣の様子をうかがいながら、慎重にその背にまたがった。一角獣の背はたくましく広く、毛並みはなめらかで気持ちよく、体はあたたかかった。

一角獣は立ちあがった。ミルテを気づかうように、一歩一歩歩きだす。

夜明けはまだしばらく来ないらしかった。夜の闇はどこまでも広がっていた。だというのに、不安も恐怖も孤独も確実に薄らいできている。

「……ね、これから一緒にいよう？」

ミルテはおずおずと、一角獣に話しかけた。

しなやかに立った耳が、ミルテにむいた。

たてがみのむこうに垣間見える一角獣の口もとがほころんだように見えて、ミルテはほっとした。自分もくしゃりと顔をくずして、一角獣の首に抱きつく。気持ちよく受け止めてくれた獣の体に身をゆだね、ミルテは目を閉じた。

木漏れ日がちらちらと頬をくすぐり、小鳥の鳴き声とせせらぎの水音が耳をなでる。

睫毛(まつげ)を幾度か震わせて、ミルテはゆっくり目を覚ました。

「あれ……？」

見たこともない森のなかだった。透きとおった泉が木々の緑を映していた。

おだやかで美しい景色(けしき)だった――だが、そこに一角獣はいなかった。

泉のむこうに、森にすっぽり抱きかかえられているような小さな家があった。

そこから白い長衣の女性が出てきた。こちらに気づいて手にしていた桶(おけ)を放(ほう)りだして、長衣をなびかせて走ってくる女性を、ミルテはぼうっと眺めた。

第一章　残念と幻滅

大陸中央カンディカレドの森――聖なる一角獣が現れる神秘の森は、一角獣と心をかよわる聖女たちと、彼女の仲立ちでこの獣と〈盟約〉を結んだ一角獣騎士たちの土地となっている。

一角獣は、森に点在する清らかな泉のほとりに現れる。それらの泉を保ち守ることを任された聖女たちは、特に泉主と呼ばれる。

騎士のなかの騎士として大陸全土が認める一角獣騎士という栄誉を得ようと、各国の騎士たちは森につどう。彼らは、泉主のもとで故国も家柄も地位も関係なく等しく修騎士となり、一角獣騎士に選ばれる日を夢見て修練を重ねる。


森の入口に建つ一角聖宮の広場には、巨大な岩に刻まれた地図がある。

カンディカレドの森を囲んで、西のブラネーシュ王国、北西のグインヴィート王国、北のバルタス騎士団領、南のビアンニー王国、南西のトゥリ古公国といったカレド諸国。南東のやや離れた位置にセフェイル帝国の名が刻まれ、北東には国名を削り取った跡が残る。

だがこの地図の主役は国ではなく、国別に刻まれた一角獣騎士たちの名前だった。

森で一角獣騎士となった者は故国の騎士団に帰るが、と同時にここ一角聖宮に本部を置く一角獣騎士団に終生所属する。枠で囲まれた名は、自分の一角獣を看取ったのち森に戻り、騎士団長に就いた者。また金で箔押しされた名は、特に名誉を称えられた者を意味する。

森を訪れた騎士は、誰もがまずそれら一角獣騎士たちの名を憧憬のまなざしで見つめ、それから自分の名もここに刻むことを決意する。

そのために最も重要とされるのが、仕える泉主の選択だった。泉主の人柄はそれぞれ異なり、一角獣の出現数も泉によって違う。どの泉主が自分を一角獣騎士へと導いてくれる師となりうるのか、一角獣騎士をめざす騎士たちは故国やこの広場で情報を集める。

「そこの商人、話を聞きたい」

ひとりの騎士が広場の行商人を呼び止めたとき、ほっそりした若い聖女が一角聖宮へと歩いていった。光沢を帯びた薄白絹の長衣が映える清楚な美しさに、騎士は息を呑んだ。

聖女から数歩下がって、修騎士がついていた。だが彼に守られるというよりむしろ彼を導くように、聖女のきらきらした茶色の目はまっすぐ行く手を見つめていた。唇には微笑をたたえ、豊かな砂色の髪はゆるやかに編んで白い花を飾っている。その花と首からさがる華奢な金鎖が泉主の印だということは、この聖なる森を初めて訪れる騎士も聞き知っていた。

「あの花飾りは、スノフレイの泉主さまですよ」

こうした騎士に慣れている行商人は、にやにやしながら教えた。

騎士の顔がぱっと輝く。

「スノフレイの！　何人もの一角獣騎士を導いたと聞いているぞ。まるで妖精(ようせい)だ……」

「それは話が古いですな。とっくに代替わりされて、あれは後継の泉主さまですよ」

「そ、そうなのか。だが前の泉主どのも、あのような方だったのではないか？」

「ま、ちょっとは似てるところもおありですよ。ただあの方――ミルテさまは、残念聖女、ってあだ名ですがね」


自分がうわさされていることなど、つゆ知らず。ミルテはそわそわしながら、一角聖宮の図書室担当の聖女たちの肩越しに、扉を一心に見つめていた。

ここには、一角獣に関する古今東西(ここんとうざい)のあらゆる資料が集められている。だが扉の重々しい鍵(かぎ)が開けられるのは、日を決めての風通し時のみ。担当聖女以外の入室が許されるのも、わずかにそのときだけだった。

鍵が回され、扉がひらいた。

姫君に着せてもよさそうな長衣の裾(すそ)を子供の遊び着のようにひらめかせて、ミルテはすかさず、前回目をつけていた古書へと駆けよった。

「『一角獣とともにあらんと願う騎士の慰みの書』……読みたかったあ」

担当聖女が、古書を乱暴に扱って傷(いた)めないよう注意しようとする。

だがそれより早く、ミルテはいとおしげに両手で包むように古書を取り、そうっと書見台に置いていた。文句のつけようのない、ていねいな扱いだった。

聖女はほっと小さく息をついたが、つづいてのミルテの姿にぎくりとする。

手近な椅子を片手で引きよせて座るなり、ミルテは手もとで邪魔な長衣の袖を無造作にたくしあげ、髪をかきあげた。森の藪で作ったひっかき傷が走る腕が露わになり、編んだ髪がさらにゆるんで泉主の印の白い花が傾いた。

ミルテの脳裡に、もはや目の前の古い文字以外のものはない。集中する上体はどんどん古書に近づき、白かった頬はかすかに赤らみ、ぶつぶつつぶやきが始まり、そのうち椅子の上に片膝を立ててあごを支えはじめる。

「……ツァサの騎士……美徳……誤解……」

図書室の本は筆写も許されていない。ひたすら自分の頭に叩きこむしかない。過去の一角獣騎士が未来の後輩にむけてつづった助言を、ミルテは夢中で追う。

ふと、いやな雑音が集中の邪魔をした。森の小虫でも入ってしまったのかと、ミルテは、本を読みながら耳もとをはらった。

「……ざりだ」

雑音がまた聞こえた。小虫ではない、とようやく気づいたミルテは、顔をあげた。

修騎士がミルテを見おろしていた。

ミルテは少し苦労して、いにしえの一角獣騎士から目の前の修騎士へと意識を戻した。

「ええと、いま何か言った？」

スノフレイの泉でともに一年近くすごしてきた修騎士は、ひどく冷ややかな顔をしていた。

「ああ、おまえに言ったんだ。うんざりだ、とな」

ミルテは驚いた。年齢でいえば十八歳のミルテが年下だが、泉主は師、修騎士は弟子と見なされる。これまで彼から、ここまで雑な言葉をかけられたことはない。

「私は、ベルゼリアどのの修騎士になったんだ。おまえなんかじゃなくな」

「うん、あなたがそう思ってることは、いまさら言われなくてもわかってるけど……？」

彼がスノフレイの泉の修騎士になることを一角聖宮に願い出たころ、先代泉主ベルゼリアも聖女を辞して森を離れる許しを一角聖宮に願い出ていた。そのことをベルゼリア本人から告げられた彼は驚き嘆き、思いとどまって自分を修騎士にしてほしいと彼女の前にひざまずいた。

だがベルゼリアの意志は覆らず、ほかの泉を選ぶか、故国へ帰るか、あるいは自分の後継者のもとで修騎士になるか選ぶよう、告げた。

ベルゼリアが一角聖宮に強く推薦して認めさせた後継の泉主が、ミルテだった。ベルゼリアの説得をあきらめた修騎士は、ミルテが本当に後継者なのかとさんざん念を押した。

――わたしを信じられないのなら、それまでだ。スノフレイの泉主はミルテだ。

ため息まじりにベルゼリアに言われて、ようやく彼はためらいつつ最後の選択肢を採った。

そのときのことを思いだしてもらおうと、ミルテは言い添えた。

「一言一句正確ではないけど、あなたがベルゼリアに言ったことの大意はもちろんおぼえてる。あなたは、だったら相弟子のつもりでともに学ぶ、って」

「ああそうだ、なんとしてでもスノフレイの泉の修騎士になりたかったからな。高名なベルゼリアどのの遺風があれば、ゆくゆくは一角獣騎士になれると信じていた」

修騎士はじろりとミルテを下目ににらむと、鋭く吐き捨てた。

「だが、大きな間違いだった。この一年、私は完全に無駄にした！　おまえなどのもとにいては、十年耐えようと一角獣騎士になれるものか！」

耐えようと、と言われたところで、ミルテはまた驚いた。

「え、わたしはあなたに、どんな我慢をさせてしまったの？」

ベルゼリアの修騎士たちは、彼女にかいがいしく仕えていた。泉のほとりに立つ家を手入れし、家事をし、その合間の時間に鍛錬や学問に励んでいた。ベルゼリアは彼らの質問にはいつでも快く応じたものの、自分から教えを垂れたり助言したりする場を設けることはなかった。

あとを継いだミルテも、ベルゼリアのやり方に倣った。ただ、相弟子気分の修騎士は一切の雑用をしようとはせず、ミルテもそんなものだろうと思って自分のことは自分でやった。だから、彼に何かを我慢させていた心当たりはない。今日の供にしても、ミルテが出かけようとしたところで珍しく行き先を聞かれ、彼自身が一緒に行くと言ったためである。

だというのに修騎士は、いらだった顔で吐き捨てた。

「いくらでもある！　不便きわまりない泉での生活を強いられ、ベルゼリアどのの遺風も感じられず、もちろん奇跡的に一角獣が現れるわけもなく――すべておまえのせいだ！」

　彼は鋭くミルテを指さした。

「いまも鏡で見せてやりたいくらいだ！　図書室に目の色を変えて飛びこんで、髪を振り乱して目をぎょろぎょろさせて本にかじりついて――泉にも泥にも藪にも平気でつっこんで、傷とほつれで薄汚れた娘の、どこが泉主だ、何が聖女だ。私の国の田舎娘でも、おまえよりは身ぎれいで慎ましくて行儀がいいだろうよ」

「あー……」

　ミルテは自分を見おろした。いまの自分の姿はとても褒められたものではないという自覚は、さすがにある。ミルテは椅子からそろりと足をおろして、袖も直した。

「ごめんなさい。わたしは気になることがあると、つい行儀がおろそかになるから。でも自分の不作法はわかってるから、ちゃんとした場では気をつけて身仕度を整えてるつもりだったんだけど。足りなかった？」

「当たり前だ！　儀式や外出でとりつくろったところで、素がこれではな。おまえは、私や、泉への配達の見習い聖女や、ほかの泉から訪ねてきた修騎士の前では、そんな気づかいなどしていなかった。そのせいで、私がどれだけ恥をかかされたか！」

「そ、そうだったんだ、本当にごめんなさい。でも、みっともない姿をさらしたのはわたしだし、恥をかいたのもあなたじゃなくて、わたしだから。もちろんこれからはもっと気をつけるようにするけど、修騎士のあなたが泉主のわたしの恥まで引き受けなくていいよ」

「――ああ、そうだ。私もそう思ったから言ったんだ、もううんざりだとな」

修騎士は、不意に満足げな笑みを浮かべた。そして高らかに叫んだ。

「私は、おまえを師とは認めない。逆破門だ！」

泉主が態度の悪い修騎士を破門して追放する例は、年に数例ある。また、修騎士が自らの意志で一角獣騎士をあきらめ、森から去ることもある。しかし、修騎士が泉主を見限るという話はない。ただ逆破門という言葉だけが、この聖なる森に似つかわしくない陰りを帯びてひっそりと伝わっている。

修騎士は、書棚の前で息をひそめる聖女たちに顔をむけた。

「あなた方も耳にされたな。私はスノフレイの泉主ミルテを逆破門し、新たな泉主のもとでの修練を願う！　聖宮長(せいぐうちょう)の御前でこの者が何をどう言いつくろおうと、あなた方にここで起きたことを証言していただければ、私の願いはかなえられるだろう」

彼は禁断の行為で復讐(ふくしゅう)を果たした喜びにひたっていた。ミルテだけに届く声が勝ち誇る。

「後悔しても、もう遅いぞ」

ミルテは顔を曇(くも)らせた。

「……そっか。あなたは、わたしが言い逃れできないところで逆破門しようと思って、それで今日は供をしてくれたんだ」

推測を肯定するように修騎士はますます勝ち誇った態度になり、ミルテはそのことにさらにがっかりする。ただしそれは、逆破門されたからではなかった。

（一角獣への思いだけは、一緒だと思ってたのに……）

たしかに、親しくつきあった相手とは言えない。当初ミルテは泉の見回りや一角獣の考察に誘ってみたが、修騎士はそっけなくことわるばかりだった。彼には彼のやり方があるのだろうと、ミルテは声かけをやめた。やり方は違っていても一角獣に会いたいという願いはどちらも同じなのだから、いつか協力しあえることもわかりあえることもあるだろう、と。

だが、そんな理想はひとりよがりでしかなかった。修騎士は、ミルテが一角獣に会うためにすべてを捧げるつもりでいることも、だからこそ行儀どころか逆破門すら気にならないということもわかっていなかった。

（でも、それはわたしも同じだな……）

ミルテも、修騎士がこのような考えを持っていたことをまったくわかっていなかった。名目上のものとはいえ、これでは彼の師にはふさわしくはない。納得して息をつく。

「後悔なんてないし、証言も要らない。あなたがわたしを気に入らないことはわかったから」

ミルテは屈託のない顔で修騎士を見つめた。

「じゃあ、さようなら。あなたが新しい泉主に満足できるよう、お祈りする」

逆破門をあっさり受け入れたミルテに、修騎士は逆に怒りを露わにした。

「――ふざけるな!!」

そんなつもりはない。ミルテはとまどいつつ否定しようとしたが、そこではっと気づく。

「あ、そうだ、ごめんなさい。祈るだけじゃなくて、聖宮長にあなたに非はないと報告しないと。じゃないと、あなたがわがままを言ったように思われるかもしれないし」

なんの底意もない自分の言葉が、修騎士には痛烈な皮肉と反撃となることにミルテはまるで気づかない。彼がさらなる怒りで肩をぷるぷるさせはじめたのを見て、本心からあわてる。

「あ、え、あの、ほんとごめんなさい。逆破門されたときにどうするかなんて、教わったことも考えたこともなくて。ええと――すぐに行くほうが、いい、かな」

ミルテは未練がましく古書を見た。一角獣について新たな知識を得られる貴重な時間を、奪われるのはつらい。延長してくれないかと図書室担当の聖女たちをうかがったが、彼女たちは突然の騒動をわくわく顔で見守るばかりだった。ミルテはあきらめた。

（一応はわたしが師ということだったんだし、最後くらいはちゃんとしないと）

それに、悪いことばかりでもない。彼がスノフレイの泉を離れることになれば、誰にも何にも気づかうことなく、心ゆくまま気のすむまで一角獣を追い求められる――。

「――うあ！」

いきなり妙な声をあげて立ちあがったミルテに、修騎士も聖女たちもぎょっとした。

（だっ、だめだめだめ！）

さあっと血の気が引いていく。

カンディカレドの森の泉にはときおり一角獣が現れ、聖女の仲立ちによって騎士と〈盟約〉を結ぶ。それがいにしえからつづく伝統だが、すべては経験則でしかない。人は一角獣からきまぐれに与えられる僥倖（ぎょうこう）に感謝し、それを活（い）かすことしかできていない。

目下のところ、一角獣はこの森の清らかな泉に惹（ひ）かれる獣で、泉を守る泉主に心をひらき、ゆえに彼女が認めた修騎士に従ってくれるものと解釈されている。だが、もし一角獣も騎士との〈盟約〉を求めているのだとしたら、修騎士がいない泉に現れてくれるだろうか。

たったいまミルテが思いついた仮説で、実例はなかった。一角聖宮の記録では、ひとりの聖女が泉主を務めた期間はまちまちで、出現数にも差はあるが、どの泉主のもとにも一角獣は現れている。とはいえすべての泉主には、必ずひとり以上の修騎士がいた——修騎士がいない初めての泉主となるミルテが、一角獣が現れない初めての泉主となる可能性は十分にある。

ミルテは、白い顔をいっそう白くして修騎士に詰め寄った。

「待って、やっぱり逆破門はなしで！　あなたがいなかったら、スノフレイの泉には修騎士が誰もいなくなる！」

修騎士はゆがんだ笑みを浮かべた。

「やっと事態を呑みこめたか、残念聖女が。おまえのもとに来たがる修騎士などいない」

「ごめんなさい、これからはちゃんと気をつける。だから、考え直してもらえないかな？」

「だめだ」

「そこをなんとか。そうだ、今度来る果物は全部あげるから」

「いるか！」

「果物がいやなら、じゃあ蜂蜜も、くるみも、あと塩も全部譲る、だから」

「私をばかにしているのか？」

そう言いながら、修騎士はひどく楽しそうだった。

「いまさら遅い。割れた卵は元には戻せない、と言うだろう。まさか知らないのか？」

「その言いまわしは初めて聞くけど、意味はよくわかる。でも――」

ひとりきりになった夜、ミルテは一角獣に会った。何もかもなくした夜に触れたあたたかさは、いまもミルテのなかから消えていない。一角獣が連れてきてくれたこの森で、ベルゼリアに助けられて、ここにいれば一角獣にもう一度会えるかもしれないと知ったときの喜びが、いまもミルテを突き動かしている。

修騎士は、これまでで一番の笑顔になった。

「無駄だ、おとなしくあきらめろ。おまえにできるのはそれだけだ」

くらっと世界が揺れた気がした。ミルテは踏ん張り、きっと眉間に力を込めた。

「いや。あきらめない」

強いまなざしにおもわず修騎士がひるんだとき、廊下をぱたぱたと走る足音と高ぶった声が聞こえてきた。

「――皆さん、一角獣です、一角獣が現れました！　バランシェの泉に！」

§　§　§

すべてが白亜の一角聖宮のなかでも、主館は最も清らかに美しい。小塔が飾る壁と列柱の白に、樹木と蔦の緑が調和する。主館は森と外部の境目にあり、建物自体が門の役目も担う。

この巨大な門の内側の広場には、森を訪ねてきた騎士や行商人といった外部の者たちも集まり、常に賑わっている。だがいま彼らは一階の回廊に追いやられ、広場は本来の広大さを取り戻してしんと静まりかえっていた。

広場から二階の回廊へとつづく大階段の上に姿を見せたのは、白髪まじりの聖宮長フィモー。その横には、初老の一角獣騎士団長マトゥ・ダユーイがひかえる。聖宮長はカンディカレドの森の聖女たちを、一角獣騎士団長はこの地から各国の一角獣騎士たちを束ねる立場で、このふたりこそが一角獣に関わるすべての者の長だった。

そしていま、新たな一角獣騎士が長たちの承認を受けようとしていた。

一角聖宮の聖女たちは二階の回廊に、自身の一角獣はすでに亡(な)い一角獣騎士団の老騎士たちも大階段の下に整然と並び、新たな一角獣騎士の誕生を祝福しようと待っている。

そんななか、ミルテは一階の回廊に駆けおりた。こちらは野次馬らしくざわつく森の外部の者たちの合間をかいくぐって、最前列をめざす。

「あの、ごめんなさい、ちょっと通して、ありがとう」

「おい押すなよ――って、だっ!?」

くたびれた旅装や簡素な日常着のなか、ミルテの薄白絹の長衣はひときわ目立つ。そばにいた者はおもわず身を避け、離れたところの者からも視線が集中する。

場違いな存在をまったく気にしていないのは、当のミルテ本人だけだった。残念聖女の実例に唖然(あぜん)とする騎士と訳知り顔の行商人など、視界の隅にも入っていない。最前列に来られたことをただ喜びながら、ミルテは輝く両眼(りょうがん)をひたと森への道に据えた。

ゆっくり、その姿が見えてきた。

先頭に立つのは、バランシェの泉主サクリーナ。薄白絹の長衣にマントのように落ちる長い栗(くり)色の髪に、白い花があでやかに映(は)える。今年二十歳だが、童顔小柄で十五、六歳にしか見えない彼女は、いつもにもまして神秘的な美少女めいて、見る者に感嘆の吐息を誘った。

通常は彼女の首に巻かれている華奢な金鎖は、今日はたおやかな手に持たれて、細くもまばゆくきらめいている。

その端を首にかけて彼女に付き従う、一頭の白い獣。

誰かがつぶやいた。

「……一角獣だ」

ミルテは目を凝らした。

白馬に似て、それよりもはるかに優雅でかつ力強い、一角双蹄の獣が歩いてくる。碧眼は晴空のように澄みわたり、たなびくたてがみ、地面にとどきそうな尾、ふたつに割れた蹄まで、純白の体には一点のしみもない。絶対的な美徳の象徴、清らかさと強さに支えられた正しさを現す聖獣の姿に、周囲からまた感嘆の吐息がもれる。

（……まただ）

だが、ミルテはひとり顔を曇らせた。

カンディカレドの森に来てから、ミルテは何度か一角獣を見る機会を得た。どの一角獣も同じだった。碧眼と純白の体。泉主に会い首に金鎖をかけられるまでは厳めしく、かけられたあとはしつけられた犬よりも従順になる。

（これじゃない）

ミルテの口からもれたのは、失望の吐息だった。

あの夜、ミルテが会った一角獣はこうではなかった。夜だったことを差し引いても、その体は白というよりは銀ないし灰白で、双眸は青空ではなく夜空の色をしていた。

そして何よりも、あの一角獣は厳めしくもなければ従順でもなかった。ミルテを慰め、助けてくれ、それでいてずっと一緒にいてはくれなかった。

ミルテがもう一度会いたいのは、その一角獣だった。

今回も違う一角獣とわかったが、いまからうしろに戻ろうとすれば、かえって見物の邪魔になる。興味の薄い表情ながら、ミルテはそのまま形式上の儀式を眺めた。

「バランシェの泉主、サクリーナ」

大階段の上の聖宮長は、一角獣とそれを得た可憐な泉主に満足そうだった。

「清らかな泉に現れた一角獣の声を、聞くことはかないましたか？」

「はい」

「一角獣は、強き者との〈盟約〉を望みますか？」

「はい」

「では、その者をここへ」

野次馬たちが息を殺して集中し、ミルテも少し興味をとりもどす。

(どっちが、一角獣騎士になるんだろう)

バランシェの泉は、これまで多くの一角獣が現れたことで名高い。サクリーナ個人としてもすでに三度も一角獣に金鎖をかけている。当然ながら彼女に仕えることを望む騎士はあとを絶たず、いまも二十歳前後の修騎士が六名、彼女と一角獣のうしろで彼女の言葉を待っている。

押し寄せる希望者の中から選ばれただけあって、いずれも目を惹く端整な青年たちだが、四人はごく自然な態度で半歩下がっていた。そのせいで少し前に出て見えるのが、いずれ間違いなく一角獣騎士になると言われるふたりの修騎士だった。

ひとりは、長年数多くの一角獣騎士を輩出しつづけている大国ブラネーシュ王国公爵家の子、リシャル・レティエリ。豪奢な深青の衣装をまとい、バランシェの泉のならわしで伸ばした長髪は金色に輝いている。長身に自信を満ちあふれさせて、サクリーナを見守っている。

そしてもうひとりは、久しく一角獣騎士が出ていない東方セフェイル帝国の帝子、ラース・ロー・イシュニル。長い肩掛けがついた細身の上着が、すらりと無駄のない体躯を印象づける。漆黒の長髪の下の両眼は、サクリーナではなく一角獣を見つめている。

信念を感じさせるその顔がふっと曇った気がして、ミルテは確かめようと首を伸ばした。

そのとき、サクリーナがふりかえった。リシャルは微笑を浮かべて何ごとか小さく唇を動かし、ラースは表情を消して一角獣から彼女に視線を戻した。

しんと静まりかえったなか、サクリーナの澄んだ声が響いた。

「――リシャル」

決定と同時に一身に集まった視線に見せつけるように、リシャルはゆっくりとサクリーナに近づき、優雅に片膝をついた。見つめあう美しい聖女と新たな一角獣騎士の姿を一瞬たりとも見逃すまいと、誰もが目をこらしていた。

だから、そのことに気づいたのはミルテだけだった。

（え、笑った）

先ほど彼が見せた曇り顔が気になって、ミルテだけがラースを見ていた。目の前で相弟子に一角獣を獲られたというのに、彼はかすかにだが目もとをやわらげた。ありったけの自制心で対抗者を祝福した、という悲壮感はまるでない。どう見てもそれは、内心の安堵がこぼれた自然な表情だった。

サクリーナが金鎖の端をリシャルに渡す。丁重に受けとったリシャルが立ちあがる。一角獣も自分の主はわきまえていると言わんばかりに、従順にふたりの前に膝をつく。

いよいよ〈盟約〉が結ばれるという期待が高まる場で、ミルテはただひとり、やはりラースを見ていた。

（変わった人だな、一角獣騎士になれなかったのに——あれ、何をするんだろう？）

忘れ去られた敗残の修騎士の静かな行動を、ミルテは黙って眺めていただけだったが、遅れて気づいたサクリーナは違った。彼女は悲鳴まじりの鋭い声をあげた。

「何をしているの、ラース!?」

ラースは動きを止めた。だが彼が腰から抜いた短刀は、すでに漆黒の長髪をばっさりと断ち切ったあとだった。

「わが師、これは——」

別人のようなざんぎり頭で、ラースは落ちついて師の詰問に答えようとした。

だが、サクリーナはまるで聞こうとしなかった。その顔が、信じられない行動を見た驚きと裏切られた怒りで紅潮していく。彼女がただ可憐なだけの聖女ではなく、自分の意志を貫く芯の強さを持っていることを露わにしていく。

「よりにもよっていまここで、わたしの目の前でバランシェのならわしを破るなんて、自分が選ばれなかった抗議のつもりなの？　まさか、わたしへのあてつけなの？」

師の激昂にラースはとまどい、それでも真摯に言葉をつづけた。

「いえ、違います。今回選ばれなかったことには、むしろ感謝し――」

「感謝ですって？　わたしのもとで一角獣騎士になれなかったことに、感謝すると言うの!?　おまえはどこまでわたしを侮辱するの！」

サクリーナの体は、激しい怒りに震えていた。彼女は、拒絶という言葉そのもののような声で叫んだ。

「おまえには幻滅したわ、破門、破門します！」

「サクリーナ、場を乱しては！」

聖宮長フィモーのあわてた声と一角獣のいななきが宙で交じった。

「あっ！」

サクリーナがびくりと体をすくめる。

ざわつく空気を切り裂くように、一角獣が額の角をふりたてて躍りあがった。華奢な金鎖は力なくその首から落ち、一角獣は疾風さながらに広場を駆け抜けて森の奥へと消え去った。

一角獣が逃げた――一角聖宮最高の晴れの舞台がだいなしになるという前代未聞の衝撃が、重苦しく広場を支配する。

サクリーナの美しい両眼に涙があふれ、こぼれ落ちた。ふらりとよろけたその細い肩を、リシャルがやさしく支えた。そしてラースをにらみつけた。

「見損なったぞ、ラース。せめて最後くらい潔く、失せろ」

ラースは黙って彼らの非難を受け止めた。それから判断を仰ぐように大階段を見あげた。

聖宮長フィモーは一気に十歳も老けたかのように弱々しく、彼女をかばうように一角獣騎士団長マトゥが前に出た。彼はとってつけたような微笑を平坦な顔に貼りつけた。

「ラース・ロー・イシュニル、しばらくぶりの一角獣騎士を望む故国の期待は、そなたにとって重荷だったろう。選ばれなかったくやしさは、わからぬものでもない。さぞつらかったのだろうな」

ラースは静かに口をひらいた。

「いえ、そのような理由ではなく、これは」

途端にマトゥの顔から微笑が消え、隠しきれないいらだちが取って代わった。二度と口をはさませないとばかりに、彼はまくしたててラースの言葉をさえぎった。

「黙れ！　まだ言い訳をするつもりか！　師を片恨みし同輩を妬んで、聖なる儀式を壊し、あまつさえおのれの醜い妬心を認めず改めようともしないとは。そのような卑劣漢は、わが一角獣騎士団を貶めるものでしかない！　今回のこの件はすべておまえの罪だ！」

マトゥを見つめたまま、ラースはきつく口を結んだ。胸中に渦巻いているに違いない思いすべてを完璧に抑えこんだ、無表情な顔だった。彼はただひとり堂々と、大階段の上のふたりに、つづいてサクリーナに一礼した。

「――これまでのご指導に感謝いたします。すぐに荷物をまとめます」

ひどく低い声だがはっきりと、ラースは言った。そしてくるりと背をむけた。

騎士団長が名指しした罪人の背に、冷ややかな視線と声にならない嘲笑が突き刺さる。それを感じていないはずはないのに、彼はなんのうしろめたさも見せずに力強く歩いていく。

ミルテのまわりで、野次馬たちがひそひそささやきあった。

「……なんてふてぶてしい野郎だ、あれでも騎士かね」

「……ほら、セフェイルの奴だから。騎士に見えても、やっぱり辺境の蛮族ってことさね」

「……ああ、ツァサ亡国のお隣か。こりゃこっちも先は長くないねえ」

ツァサ、という名前がミルテの耳に飛びこんだ。その瞬間、一連のラースの行動が脳裡でひとつの言葉のもとに結びついた。ミルテははっと息を呑んだ。

（なんで気づかなかったんだろう！）

ミルテはあわてて走りだした。

「ね、待って！　待って、待って！」

薄白絹の長衣は走るのにも向いていない。ミルテは脚にまとわりつく裾を両手でたくしあげた。はしたなくも膝まで露わになるが、ミルテ自身は気づかず、気にもしなかった。

カンディカレドの森の道は、人の膝くらいの高さの白亜の小塔に縁取られている。そのあいだを悠然と歩いているようにしか思えないのに、破門された修騎士の背はほとんど近づかない。

深い森の緑のむこうに、いまにも見失ってしまいそうな気になる。

「待って、ツァサの――じゃないセフェイルの、ええとラース！」

うろおぼえの彼の名を呼ぶ。

ざんぎり頭がわずかに動いた気がしたが、顔は見えなかった。歩みも止まらなかった。

「待っ――」

息が切れた。呼びかけた声が立ち消えて、目の前が白くかすんで、ミルテはくたりとその場に膝をついた。ぜいぜいと肩で息をつきながら、それでも目をこすって顔をあげる。

「待って――」

突然、目の前にざんぎり頭がかがんだ。その下の両眼は燃えさかる炎のような金朱の輝きをたたえていて、ミルテはぎくりとした。

見るからにしぶしぶと、それでもラースはざっとミルテを見て取り、言った。

「ただのたちくらみだな。少し休めば大丈夫だ」

「だっ、まっ、待って！」

すぐさま立ちあがろうとした彼の腕を、ミルテはがしっと両手でつかんで止めた。濡れた落ち葉が貼りついたかのようなしかめ面をされるが、めげずに身を乗りだす。

「あなたに、修騎士になってほしい」

ラースは目をそらせ、無言で腕を引こうとした。

ミルテは必死で力を込めた。

「待って、怪しく見えるかもだけど、怪しい者じゃないから！　泉主だから！　スノフレイの泉の、ミルテ」

「ああ——おまえがあの」

あの、のあとにどんな言葉がつづくはずだったのかミルテにはわからなかったが、どのみち褒め言葉ではなさそうだった。金朱の両眼が再度ミルテを一瞥し、冷淡な笑みを浮かべた。

「泉主のほうから修騎士になってくれと願い出るなんて、聞いたことがないぞ」

「うん、わたしも、聞いたことないけど。でも、やってはいけないと言われてもないんだから、やったっていいと思う」

「普通の聖女は、わざわざ禁じられなくてもしないんだ。そんな恥ずかしいことはな」

炎の色に似たラースの両眼が、氷のように冷たい光をたたえる。

「それとも、恥を恥とも思わないのか？」

ラースの耳にも届いたらしい自分のうわさは一体どんなものなのか。さすがにミルテはひるんだが、なんとか気持ちを奮い立たせた。

「た、たしかに、わたしの行儀は、褒められたものじゃないけど。でも、やらなくちゃいけないことがあって、それがわたしの恥ですむんなら、いくらだってする」

まだ荒い息を、ミルテは懸命に整えた。

「お願い、いまスノフレイの泉には修騎士が誰もいなくて。だからあなたにどうしても、修騎士になってほしい」

心を込めて訴えたが、ラースはそっけなかった。

「ことわる。離せ」

今度こそ引かれそうになった腕に、ミルテはとりすがった。

「だめ、あなたは足が速いから、離したら二度と追いつけない！」

「修騎士志願なら、一角聖宮の広場にいくらでも来るだろうが。そっちをあたれ」

「でもこれまで、わたしのところで修騎士になろうとする騎士は誰もいなくて」

「だったら変われ。なんで修騎士が来ないのか、自分を省みるいい機会だ」

逆破門されたばかりでもあって、心当たりはありすぎるほどある。ミルテは再びひるんだ。

「そ、それはちゃんとしないといけないことだし、しようとも思うけど――」

だがいまから聖女らしさをめざして努力したところで、正直なところまったく自信がない。なんとかこのまたとない相手を引き止められないか、ミルテは言葉を探す。

「でも！　あなただって、バランシェの泉には戻れないんだから、スノフレイに来たらちょうどいいと思う。あなたはそうやって髪を切って、また改めて一角獣騎士をめざそうとしていたんだから」

サクリーナにはあてつけと思われ、ひいては〈盟約〉の儀式をだいなしにした髪を切るという彼の行動を、ミルテは再起の決意と受けとった。

ミルテのそんな言葉は意表を衝いたらしい。ラースは驚いた顔をした。

彼の反応に励まされて、ミルテは言葉を継いだ。

「一角聖宮の図書室に、ツァサの一角獣騎士が書いた古書があって。ツァサの騎士の心得も書いてあった。あらゆることを真摯に学び習得した上で、でもそうして得た知己にも剣にも、経験にすら頼ることなく、常に無一物のつもりで行動しろって」

厳しすぎる心得だとミルテは思った。時間や努力を費やしてせっかく身につけた力に頼るなというのは、あまりに不合理でばかげていると思った。だがその教えと、バランシェの泉の修騎士の証しの長髪をあっさり切り捨てたラースの姿がつながったとき、ミルテはいにしえの騎士の凛とした覚悟を理解した。

「セフェイル帝国は、ツァサ亡国の一部を吸収した国だから。だからセフェイルの騎士のあなたもツァサの騎士みたいに無一物に、初心に還ってまた一から修練を積むつもりで、髪を切ったんじゃないの？」

「……『慰みの書』か」

ミルテはぱっと顔を輝かせた。いっそう身を乗りだす。

「そう、それ！　読んだことがあるの？　じゃあわたしに教えてもらえないかな？　今日は途中までしか読めてなくて、なのに図書室に入れるのはまたずっと先のことで」

ラースは眉をひそめて見おろしてきた。冷たい視線に、ミルテはあわてて口をつぐんだ。

「おまえ、たったいま俺に修騎士になれと言ったよな」

「え、うん」

「なのに今度は、教師になって講義しろと言わんばかりだ。いいかげんな話だな」

「あ、そうか、そうだね。いいかげんだった。ごめんなさい」

ミルテは素直にあやまった。

「でも、割とそこはどうでもよくて。一角獣が現れたら泉主は修騎士とひきあわせるけど、いちいち『彼は修騎士の誰それです』なんて言わないもの。一角聖宮の儀式でもそうだった。だから一角獣からしたら、大切なのは一角獣騎士になりたい人そのもので、どういう名目で泉にいるかなんてことに意味はないと思う」

ミルテはきゅっと軽く唇を噛みしめたあと、再び口をひらいた。

「わたしは、サクリーナと違ってまだ一角獣に金鎖をかけたこともないし、この先もあなたを一角獣騎士にしてあげられるかはわからない。でも、あなたがこの森で一角獣を待つ場をあげることはできる。そこでわたしも、あなたから教わりたい。だからあなたの好きな立場で、スノフレイの泉に滞在するということでどうかな？」

不意に、ラースは腕を軽く動かした。

特に強引な動きではなかったのに、何かの体技だったらしい。しっかり彼をつかんでいたはずのミルテの両手は、あっさり振りほどかれた。

「あっ」

ミルテは短く悲観の声をあげた。だがラースは立ちあがっただけだった。

「変わった奴だな」

心底あきれたようなその表情が示すのは、軽蔑だろうか、揶揄だろうか、それともわずかながら好意に近い関心だろうか。ミルテもそろそろと立ちあがる。

「……残念聖女、ってさっき言われて逆破門された。あなたもやっぱりそう思うんだ」

「人の考えを勝手に決めつけるな、と言いたいところだが、まあな。自分で自分の言動をふりかえって、ちゃんとした聖女だと胸を張れるのか？　足もとに花も落としているぞ」

血の気が引いていたミルテの頬に、かあっと血が戻ってきた。

「で、でも、いまだって、おとなしく歩いて追いかけたら、こうしてあなたと話すことはできなかったし……。わたしは一角獣に会いたくて、どうしたら会えるのか、どうしても知りたくて。だからあなたからも、いろいろと教われたらうれしいって思って……」

ミルテは足もとの白い花を拾った。それから顔をあげた。もし彼がこのまま立ち去ってしまうとしても、その前にどうしてもこれだけは確かめておきたいことがある。

「あなたもあの一角獣を見て、がっかりしなかった？　だから別の人があの一角獣と〈盟約〉を結ぶことになって、かえってほっとしたんじゃなかった？」

頭ひとつ近く背が高い彼の金朱の両眼が光を増して見え、ミルテはびくっとした。反射的に視線を逃がす。

「ご、ごめんなさい。勝手に決めつけて」

髪に花を戻すあいだにざわつく気分を抑えて、ミルテは再び顔をあげた。

幸い、ラースの眼光はわずかながらやわらいでいた。

「本当に変わった奴だな」

「……自分ではよくわからないけど、そう思う人が多いみたい。この一年、誰も修騎士を希望してくれないし」

「だろうな。とはいえ俺にしても、公の場であれだけの騒ぎを起こした身だ。一角聖宮公認の幻滅騎士ってところか」

自嘲(じちょう)めいた自称とは裏腹に、彼は面とむかってそう呼ばれてもなんとも思わなさそうだった。残念聖女と呼ばれると胸がちくりと痛むミルテとは違うらしい。

もしかして、とミルテは思った。

(あのとき一番幻滅したのはサクリーナたちじゃなくて、この人だったのかな)

一角獣騎士をめざす彼の志は、目の前で別の者に一角獣を与えられた瞬間でも揺らぐことのない、強いものだった。衆人環視(しゅうじんかんし)の中、破門と言われ、叱責(しっせき)された直後でも、その志を失ってはいなかった。

なのにいま、彼は、一刻も早くこの森から離れたがっている。自分の感情のままに弟子の説明を聞く耳を持たない師に、騒動を招いた修騎士にすべての責任を負わせて排除した騎士団長に、そんな人びとが暮らすこの森に、彼は心底幻滅したのだろう。

「いくら切羽詰まっているとはいえ、そんな問題児を引き受けたがるなんて普通じゃないぞ」

「かもしれないけど、でもわたしは、あなたがスノフレイに来てくれたらうれしい」

ラースの口もとに、冷ややかな微笑がただよった。

「おまえは何も気にならなくても、バランシェの泉主はおもいきり気にするだろうよ。あれだけの恥をかかせた俺が同じ森にいるなんて、到底許せないと思うがな」

「それは、説得する」

自分自身にも言い聞かせながら、ミルテはゆっくり答えた。

「わたしは、これでも泉主だから。スノフレイの泉に関することは、全部わたしの責任だから。だから、任せてほしい」

ラースはもっとはっきり、そしてもっと突き放した印象の笑顔になった。

「慎みなく走って、身なりにもかまわず、決まりごとも無視する。何ひとつ聖女らしく見えないがそれは見かけだけで、務めはちゃんと果たせると言うんだな」

「う、うん」

「だったらいますぐ、バランシェの泉で説得してみせてもらおうか――できなかったら、おとなしく自分の泉に帰って二度と俺につきまとうな」

彼の笑みは一瞬でかき消えて、炎の色でありながら凍りつきそうに冷たい視線がミルテを見おろした。ミルテがサクリーナを説得できなければ、できたとしてもそのやり方を気に入らなければ、ラースはすぐさま森を去ってふりかえりもしないことは明らかだった。

ミルテは目をみはった。

「――え、いいの!?」

「は!?」

場違いすぎる反応にラースが唖然としたが、ミルテ自身ははすっかり別のことに気を取られている。自然と顔がほころんでくる。

「バランシェの泉に行っていいんだ！　そうだよね、行こう、いますぐ！」

森に点在する泉に属する修騎士たちは、武芸をはじめとしてさらなる研鑽を積むため、しばしばほかの泉を訪ねる。

ミルテもそうしたくて手紙をことづけてみたのだが、ある泉主はやんわりと、

──修騎士ならともかく、ほかの泉主の方に何かを教えられるような身ではありません。

また別の泉主はきっぱりと、

──泉主がほかの泉に関与するならわしがない以上、その必要を認めません。

ミルテの訪問の打診をことわってきた。

一角獣は年に何頭も現れる場合もあれば、まるで現れない年もある。その出現に規則性はなく、決して限られた一角獣を泉のあいだで奪いあっているというわけではないのだが、それでもよその泉主に自分の泉の様子を教えたくはないものらしい。だったらそちらから来てはもらえないかというミルテのさらなる打診も、すげなくことわられた。

近年最も多く一角獣に会っているサクリーナの返答も、ほかの泉主たちと同様だった。

──仮にわがバランシェの泉に一角獣が現れる理由をあなたが知ったとしても、スノフレイの泉での実践は無理ではありませんか。

ことわりの文面に清らかに美しい彼女の姿が重なって、説得力は抜群だった。そんな彼女相手にさらにごねたり押しかけたりする勇気は湧かず、ミルテはあきらめた。

それがいま、ラースの異動を認めてもらうという訪問理由ができた。

「あなたのことをお願いしないといけないんだから、だったらわたしがバランシェの泉に出向くのが当然だし、サクリーナだってそれはわかってくれるよね」

ミルテは、軽やかな足取りでラースを追い抜いた。ふりかえる。

「わたしに機会をくれて、本当にありがとう」

心からの笑顔をむけると、ラースはようやく言葉を思いだしたらしい。

「──ちゃんと話を聞いていたんだろうな!?　何を勝手に満足しているんだ、俺は何も承知していないぞ！」

「うん、サクリーナを説得できないと、あなたはスノフレイには来てくれないんだよね」

あれだけ激しい怒りを見せたサクリーナを説得できるのか、そしてラースはスノフレイの泉に来てくれるのか。問題は何ひとつ解決していない。

それでも微笑がひとりでにこぼれる。

「でもあなたのおかげで、バランシェの泉に行けるから。せめて一回は、あれだけ一角獣が現れる泉を自分の目で見てみたかったから。だからやっぱり、ありがとう」

ミルテは前をむいて、踊るように歩きだした。

そよ風に揺れる葉音が、心地よく耳をくすぐる。

だから背後であがったため息は、ミルテの耳には届かなかった。

§　§　§

　透きとおった葉先からこぼれる午後の木漏れ日の先に、バランシェの泉はあった。まだサクリーナは戻っていないようで、澄んだ泉に人の姿はない。かわりに、ここの泉主の髪を飾るあでやかな白い花以外にも種々の花々が咲きこぼれ、鏡のような水面にその姿を誇っていた。

「わあ！」

　ミルテは歓声をあげた。

　ほのかにただよう甘い香りも、泉の花のものだろう。ときおりの小鳥の鳴き声が、かえって静けさを深めている。おだやかで清らかで、どんな者でもここにいれば安らげるに違いない。

　サクリーナが泉主となってからの四年で三度――今日逃げてしまった一頭も入れれば四度――そして先代泉主の十二年でも七度、このバランシェの泉には一角獣が現れている。特にここ数年は、ほかの泉が比べものにならないくらい、とびぬけて多い。

「かなり明るいな。泉のまわりは草地になって、水面の上に木の枝は張り出てなくて」

　ミルテはぶつぶつぶつやきながら、泉を一心に見つめた。

「一角獣は、ここの何が好きなのかな。水かな、香りかな、花かな、木かな」

「……おい」

「うん――同じ泉でも、現れるときとそうでないときは何が違うのかな」

「……何をしに来たか、おぼえているんだろうな？」

「うん――泉主の何か特定の行動かな、修騎士のほうかな、それとも単に一角獣の都合かな」

「……荷物をまとめてくる」

「うん」

生返事の連続に、ラースはあきれはてた顔でまた息をついた。が、今度もミルテは聞いていなかった。少し離れた丈の短い草地へは迂回せず、目の前の膝まである尖った草の葉を押し分けて、ぐいぐい泉に歩み寄る。水辺にかがんで、泉にそっと手を入れる。

「水温は同じくらい？　ううん、スノフレイよりちょっと温かいかも」

指先を曲げてすくった水を飲んでみる。

「味は、そんなに変わらないかな」

澄んだ泉は水底まで見とおせる。その水がどこから湧いているのかミルテは目をこらしたが、さすがにそこまではわからなかった。

「何度も一角獣に会ったベルゼリアだって、一角獣は水を飲みに現れるわけじゃないようだって言ってたし、泉自体は一定以上清らかであればいいのかな」

敬愛する先代泉主の言葉を考えながら、ミルテは水辺をたどりはじめた。

泉を見わたす日当たりのいい草地には、泉主と修騎士の住まいがある。改築されたばかりらしく、赤樫の屋根板も壁もぴかぴかしていて、左右に立派な別棟までついている。

ほんの少し注意して見れば、別棟のひとつが大きな煙突を設けた本格的な厨房であることや、本棟の窓にはまっているのが高価なガラスであることなどもわかっただろうが、ミルテの視線はすぐに地面に戻っていた。

「あの一角獣の足跡とか、どこかにないかな……」

足跡がよく残るぬかるみを求めて、ミルテはきょろきょろと森へと入っていった。

カンディカレドの森は深く、地形は平坦で迷いやすいため、その全貌はいまだに知られていない。伝承では、はるか昔この地にあった国の姫と騎士の前に一角獣が現れてこの森に導き、数々の泉を教えたという。彼女たちは森の入口に一角聖宮を建て、さらに泉の周囲とそこへの道に白亜の小塔を並べて、人が迷わずにいられる場所の目印とした。

行く手に立ちはだかる小塔の列を見たミルテは、この先の探索をあきらめて立ち止まった。

いきなり背後から声がした。

「――一角獣だぞ」

「えっ!?」

がばっとふりかえったミルテは、そこにラースを見つけた。

「どこ、どこに!?」

尋ねると同時に、あたりをせわしく見まわす。

ラースはしらっと言った。

「うそだ」

「え」

「こうでも言わないと、おまえはまるで人の話を聞かないだろうが」

ミルテは、恨みを込めて彼をにらんだ。

「ひどい。そんなことない。あなたは、着替えを取りに行ったんだったよね？」

「……相変わらず中途半端には聞いているんだな。荷物をまとめてきたんだ」

そこでようやくラースの姿に気づいて、ミルテはどきりとした。

旅嚢（りょのう）を背負い、風雨をしのげる丈長のマントをはおり、剣と短刀があった帯に新たに革財布が加わっている。わけあって身をやつしている貴公子、という様子だったが、それだけに完璧な旅装だった。夕暮れまでそれほど間もないのに、いますぐ森を離れてしまいそうだった。

「長く待たせたつもりはなかったんだが、その割には歩いたな。少し探した」

「ごめんなさい。一角獣の足跡を探してたら、いつの間にか」

「そんなことだろうと思った」

ラースは面倒そうに片手をあげた。その手に、ミルテの髪から落ちた白い花があった。

そういえば一角獣の足跡を探しているとき、邪魔をしてきた小枝を無意識にはらった気がする。見ると、手の甲にうっすらと新しいひっかき傷ができていた。

「気がつかなかった……ありがとう」

ミルテは花を受けとった。

「あいつらが帰ってきた。バランシェでは、うっかり小塔を越えてしまわないよう、森への不要の立入は禁じられている。見つからないうちに、迂回して道に戻るぞ」

「わかった。えっと――」

生い茂った木々と藪に泉は隠れて、一瞬どちらから来たかもわからなくなる。

「こっちだ」

ラースはまるで迷う気配もなく、森を歩きだした。

彼を追いながら、ミルテはふしぎに思った。

「バランシェの決まりでは、小塔内でも森を散歩したりすることは禁止なんだよね?」

「ああ」

「でもあなたは、森の道をよく知ってるみたい」

「自分が暮らす場所なら、非常時に備えて周囲にも詳しくなっておくほうがいい」

「それもツァサの騎士の心得?」

ラースはふりむきもせずに言った。

「いや――まあ家訓だな」

いずれにしても、師の言いつけよりも自分の信念を優先する態度は、忠実な修騎士とは言いがたい。サクリーナが彼ではなくリシャルを一角獣騎士に選んだのも、当然の選択だろう。

(わたしのことを、変わった奴って言ったけど。自分だって師に禁じられたことでも守らないんだから、人のこと言えない)

ラースに自分に似たものを感じて、ミルテはくすりとした。彼の師でもなんでもない自分の言葉など風よりも軽いのだろうとは思いつつ、ミルテは前を行く背に声をかけた。

「わたし、やっぱりあなたに来てほしい。お願いできないかな」

ラースは答えなかった。

「着いたぞ」

白亜の小塔に縁取られた道に戻ると、そこはバランシェの泉の手前だった。

木々のあいだ、先ほど見た家屋の前に、修騎士たちとともにいる白い長衣のサクリーナの姿が見える。

(説得しなきゃ。サクリーナはすごく怒ってたけど、でもなんとか)

ミルテはふうっと息をつき、改めて泉へとむかった。

が、どうやら彼女たちは話どころではなさそうだった。

不穏な気配がただよっている。バランシェ門下の修騎士たちは威圧するように横に並び、サクリーナはその中央のリシャルの陰にいまにも逃げこみそうに身をすくめている。

「あれ？」

彼女の前にひざまずく背に見おぼえがある。

図書室でミルテを逆破門した修騎士だった。サクリーナに必死に願う彼の言葉は聞き取れなかったが、内容は予測できる。

(バランシェの泉の修騎士になりたいんだ)

ミルテは小走りに急ぎ、声をかけた。

「サクリーナ!」

ミルテに視線をむけた美しい泉主は、そのうしろにラースを認めて顔をゆがめた。

「もういや! みんな、わたしになんの恨みがあるの!? こんないやがらせばかり!」

サクリーナは両手で顔を覆った。細い肩が痛ましげに震えた。

「おいたわしい……どうぞ、今日はもうお休みください」

リシャルがその肩を支えるようにそっと手を置くと、サクリーナは小さくうなずいた。

修騎士があせった声で叫ぶ。

「お待ちください! これは誤解にございます! 私はこの者を逆破門いたしました。いかに請われようとも、スノフレイなどに戻るつもりはありません!」

どうやら、ミルテが自分を連れ戻しに来たと誤解したらしい。

「えっ、違う」

ミルテはとまどいながら手を振った。

サクリーナが顔をあげ、濡れた目をミルテに据えた。

「じゃあ何をしに来たの？　あなたのところの修騎士でしょう、いますぐ連れて帰って！」

ミルテはひるみながら答えた。

「あの、でも、いまこの人が言ったとおり、わたしはもう逆破門されたから。本人も希望してるみたいだし、よければここの修騎士にしてもらえないかな」

「どうしてわたしが、あなたの肩代わりをしなくてはならないの！　ここの修騎士たちより、この人のほうが優れているとでも言うの？」

反意も露わなリシャルを筆頭に、選良ぞろいのバランシェの泉の修騎士の前では、かつての弟子ははっきり見劣りする。ミルテは慎重に答えた。

「わたしは、そうは思わないけど……」

「当たり前よ、一目でわかることだわ。それがわかっているのに、こんな人をわたしの修騎士にしろなんて、ひどい侮辱だわ」

ミルテをにらみつけていまにも怒鳴りそうだった修騎士は、手ひどいサクリーナの言葉を受けた途端にみじめにうなだれた。

「でも、もしかしたら一角獣の観点は違うかもしれないし」

ミルテがさらに慎重に言うと、サクリーナは信じられないものを見る目になった。

「一角獣の観点って……何を言っているの？　一角獣騎士にふさわしい者を選ぶのは、泉主の務めよ？」

「それはそうだけど、騎士とずっとつきあうのは一角獣なんだから、もしかしたら一角獣にも希望や好みがあるかも、って」

「あなたはどこまで非常識なの？　まさか、一角獣に会って聞いたことがあると言うの？」

ミルテは言葉に詰まった。

一角獣に会ったことはある——ただしたった一度だけで、しかもこの森の泉でではなく、その首に金鎖をかけられたわけでもない。何度も泉で一角獣に金鎖をかけたサクリーナの前には、幼女の夢だと笑いとばされるようなおぼろげな経験でしかない。

「やっぱりないんでしょう。なのにそんないいかげんなことを——あなたみたいな人が聖女だなんて、信じられない」

すっかり涙を忘れたらしいサクリーナのまなざしは、はるか彼方の別世界からミルテを眺めているかのようだった。完璧な泉主と完璧からほど遠いミルテを、見えない壁が隔てていた。

「うん……」

その壁の分厚さ、頑丈さを自分でもひしひしと感じつつ、ミルテはうなずく。

「この人もそう思ったから、だからこのバランシエの泉の修騎士になりたいんだと思う。わたしなんかと違って、サクリーナは聖女の鑑のような人だから」

残念聖女と呼ばれ、泉主としての実績も皆無な自分が、それでもいまできること。数少ないそのことを実行しようと、ミルテはサクリーナに訴えた。

「修騎士は、誰もが一角獣騎士になりたくてこの森に来てる。だからせめて、この人にも一角獣を待つ機会だけでもあげてもらえないかな？　わたしがその場を提供できればよかったんだけど、だめだったから。――それから」

ミルテは、うしろのラースに視線をむけた。

（うあ……完全に他人事みたい）

一応声は届く位置ではあるものの、ミルテから距離を置いて立った彼は、つきあわされている見物人そのものの退屈そうな顔でいる。ミルテが説得できるとはまったく思っていないらしい。ミルテは、彼の短くなった髪を見てから、サクリーナに訴えた。

「彼にも、スノフレイでその機会をあげることを許してほしい。やり方は少し変わってるかもしれないけど、彼も一角獣騎士になりたい気持ちにうそはない人だから」

サクリーナをかばうように、彼女の隣のリシャルがわずかに身を乗りだした。貴公子らしい優雅な印象は一変し、ミルテを眺める目は最低限の礼儀も危うい険悪な光をたたえている。一角獣を逃がす原因となったラースをかばうなら、おまえも同罪だと言わんばかりだった。

「そのやり方が問題だというのです」

険悪な眼光がさらに物騒になって、ラースに移る。

「何十回でも言ってやる、ラース。せめて最後くらい潔く、失せろ」

ラースは見物人の立場を貫くつもりか、完全にリシャルを無視した。

「きさま！」

「待って、待って」

ミルテはあわてて、激昂するリシャルをとどめた。

「いま話してるのは、サクリーナとわたしだから。泉主のあいだで話がすんだら、あなたの話も聞くから」

「話なんてないわ」

サクリーナが眉を逆立てた。

「本心から一角獣騎士になろうと願う者なら、おのずと正しい行動を悟るものよ。そうしたら、とてもここに来るなんて厚顔な行動はとれないはずだわ。もう帰って！　この不愉快な人たちを連れて帰って森から出ていって！」

「えっ、わ、わたしも？」

「そうね、いっそのこと、もうそうしてはどうかしら。だってあなたのところには、これで修騎士がいなくなるんでしょう。それともまさか、あなたが修騎士になるの？」

サクリーナの言葉に、リシャルらバランシエの泉の修騎士たちはもちろん、うなだれていた修騎士まで一瞬顔をあげて失笑する。

それほどありえない言葉だった。ミルテは、きゅっと両手を握りしめた。

「……なれてたら、とっくに修騎士になってる」

あの晩出会った一角獣に再会するのが、たしかにミルテの願いではある。だが真の願いはさらにその先――あの一角獣とずっと一緒にいることだった。スノフレイの泉のほとりで修行に励む修騎士たちを懸命に追おうとしていた日、ベルゼリアに諭(さと)されて、ミルテはそれが自分には無理な願いなのだと理解した。

「わたしは女だし、騎士の生まれでもないし――絶対に修騎士にはなれないことはわかったから、あきらめた。この森で一角獣に会えれば、十分に幸運なんだって」

ミルテはまっすぐサクリーナを見つめた。

「でも、修騎士の人たちはそうじゃないから。みんな一角獣騎士になれる可能性があるから。ベルゼリアは、わたしを次のスノフレイの泉主に選んでくれた。修騎士は無理だけど泉主として一角獣と修騎士たちを助けるようにって、この役目を任せてくれたんだと思う」

サクリーナは心の底から悲しそうな顔をした。伏せられた長い睫毛(まつげ)が影を落とした。

「本当に残念なことだわ。ベルゼリアさまは、後継者の選定を間違えたわ。あれほどの方だったのに、最後の務めを全うすることができなかったなんて」

バランシエの泉を訪れて初めて、ミルテの顔がこわばった。

「――ベルゼリアは関係ない！　わたしが不甲斐(ふがい)ないのは、わたしだけの責任だから！」

「修騎士に逆破門されるような人を泉主に選んだことは、ベルゼリアさまの責任よ。そして聖宮長でもないあなたに、そうした評価を否定する権限はないわ」

「権限って――」

「こうしてみると、ベルゼリアさまが泉主だけでなく聖女も辞めてこの森を離れたことは、もしかしたらご自身のためによかったことかもしれないわ。あなたの惨状を目の当たりにすることも、あなたのせいで貶められた自分の名を聞くこともないのだもの」

すうっと血の気が下がっていって、目の前が白くなった。ミルテは急いで目をこすった。たちくらみを起こさないようにだが、半分は泣かないためだった。

（ベルゼリアは悪くない！）

全力でそう反論したいのに、口をひらいた途端に涙があふれて言葉が切れてしまいそうで、ミルテは歯を食いしばった。

「サクリーナさま、もうよろしいでしょう。日が傾いて風が冷えてまいりました」

リシャルがそっと、彼女の肩をうながした。彼女はうなずいた。

うち捨てられそうになった修騎士が、悲痛な声をあげる。

「サクリーナさま、どうか！　スノフレイの泉などを選んでしまったあやまちを、このバランシェの泉にて償わせてくださいませ」

あやまちという言葉が、サクリーナの言葉につづいてミルテの胸を突き刺した。罪悪感にさらに押しつぶされていくにつれ、体は冷たくなり、震えてきた。

（ごめんなさい、ベルゼリア、ごめんなさい……）

森に迷いこんできたミルテを助けてくれた人。一角獣のことを教えてくれ、スノフレイの泉にひきとってくれ、修騎士にはなれなくても泉主にはなれると教えて、実際にそうしてくれた人。そんな恩人への申し訳なさと、何よりもいまひと言も事実を言い返すことのできない自分の情けなさに、また涙がにじみそうになる。

夕暮れの風にしんとした泉に、冷徹な言葉が響いた。

「――愚者は去れ」

ラースだった。

はっとふりむいた修騎士を、ラースはいかにも帝子らしい厳格な顔つきで見おろした。

「おまえがスノフレイの泉を選んだことは、あやまちではない。おまえのあやまちは、よりにもよっていまバランシエの泉を訪ねたことだ。おまえに真の力量と自信があったなら、森に着いた直後にこの泉を訪ねたはずだ。だがおまえはそれをしなかった。修騎士の多いバランシエよりも、手っ取り早く一角獣騎士になれそうな泉を探して、そこに行った。狡猾な臆病者だ」

容赦ないラースの糾弾に、修騎士の顔が赤くなり、青くなる。

「しかもそこで修練に励むでもなく、おまえは師に責任を負わせて逆破門した。そんな卑劣な経歴を持つ者が、規律第一のこの泉で存在を許されると思ったのか？　思ったのなら、おまえは救いがたい愚者だ。狡猾で臆病で卑劣な愚者が、どこの泉の修騎士になろうと一角獣騎士になれるはずがない――去れ」

修騎士はひきつる顔で周囲を見わたした。だが、サクリーナとバランシェの泉の修騎士たちは、ラース以上に冷たい蔑みの視線で彼を突き放した。一縷の望みもないことを悟った修騎士はわなわなと震えだし、背をむけて逃げだした。

「身のほど知らずな」

リシャルが鼻で笑い、改めてサクリーナをうながそうとする。

「あ――」

説得の言葉はまだ見つけられないまま、それでもミルテは彼女を呼び止めようとした。

そのとき、すぐうしろに気配を感じた。

「三か月」

ふりかえるより早く、短い言葉が落ちてくる。ミルテはそろそろと顔をあげた。

金朱の両眼で凛とサクリーナを見つめるラースがいた。

何が三か月なのか。ミルテは彼に尋ねようとしたが、その前に直観が答えを告げてくる。と同時に、ラースはその答えと同じ内容を口にした。

「三か月だけ、スノフレイの泉にとどまることを許可していただきたい。ここととスノフレイと、両方の泉主が許可したならば、一角聖宮も表立っては口は出せない」

内容そのもの以前に、その態度がリシャルを刺激したらしい。

「無礼な、師にむかって！」

「破門された身に、師はいない」

ラースはそっけなく答えた。

「セフェイル帝国帝子ラース・ロー・イシュニルとして、バランシェの泉主サクリーナどのに頼んでいる。もし聞きとどけられなければ、わが身と故国の名において一角聖宮に不公正の是正を申し入れる」

「不公正だと!?　今朝きさま自身も認めたはずだ、だというのに醜い妬心を――」

ラースはぴしゃりとさえぎった。

「出しゃばるな、リシャル。サクリーナどのに聞いている」

身長はラースにまさるリシャルだが、絶妙の間合いと語勢に気圧された。そしてその一瞬の劣勢をくつがえす余裕を、ラースは与えなかった。リシャルは苦々しく黙りこみ、その直前、小さく捨て台詞をつぶやいた。

(……蛮族が、って)

唇の動きから察したミルテは、眉をひそめた。

セフェイル帝国は大陸のはるか東にある。広大な国ということもあり、カレド諸国で使われるカレド語とは異なる東方語を併用し、服装なども少々趣が違っている。カンディカレドの森のすぐ西に位置し、一角聖宮建設にも初期から関わり、初代一角獣騎士団長も出した大国ブラネーシュ王国出身のリシャルからすれば、辺境の蛮国に見えるのかもしれない。

（でもいまは同じ修騎士なのに）

リシャルの捨て台詞に気づいたのか気づかなかったのか。まるで読みとれない平静な表情で、ラースはサクリーナをうながした。

「十六の歳から三年、バランシェの泉の世話になり、さまざまなことを見聞きした。なんの件を言われているのか、わが故国の習俗にも興味を持たれたことのあるサクリーナどのにはわかるはずだ。返答を」

サクリーナも眉をひそめていた。噛みしめられた唇がかすかに震えていた。

ラースが再度うながした。

「そちらは三か月の我慢ですむ話だ。それに、その前にあの一角獣が帰ってくるかもしれない。そのときはバランシェの泉について何も言うつもりはない」

サクリーナは唇をひらいた。

「……いいでしょう。そのかわり、そのあいだ二度とここには顔を見せないで」

リシャルが困惑と不満をまじえた顔をむけたが、サクリーナは彼の意見など必要としないようで、一顧たりともしなかった。

「当然だ」

ラースが言った。

ミルテはぽかんとした。なんだかよくわからないまま、話はついたらしい。

じろりと下目に、ラースの視線がむけられる。

「行くぞ」

「あ、う、うん」

あたりは夕闇(ゆうやみ)直前の蜂蜜色に染めあげられ、木の下闇が濃さを増しつつある。

おだやかな帰り道をたどりながら、ミルテはちらちら隣のラースの様子をうかがった。

(どうしてなんだろう……なんだったんだろう……でも訊(き)いちゃだめだろうな……また怖い目をしそうだし……)

横顔だけでもわかる。彼はおそろしく不機嫌そうだった。

突然の心変わり、サクリーナへの謎(なぞ)めいた脅迫、これからの予定。知りたいことは山のようにあるのに、声には出せない。これが一角獣に関することなら矢継ぎ早に尋ねているところだが、さすがにこれだけ不機嫌そうな相手に、一角獣と直接関係のない個人の事情をつつく勇気はミルテにはなかった。

「三か月だからな」

行く手をむいたまま、ラースが言った。ミルテはあわてて彼の横顔を見あげた。

「うん、三か月」

「そのあいだ『慰みの書』でもなんでも教えてやるが、同時に修騎士を見つけろ」

「今度はちゃんと選べ。誰彼かまわず修騎士にしないで、せめて修騎士になれることに感謝できる奴にしろ」

「うん、そうす――え、選べるくらいになれるよう、頑張る」

そこでミルテは、はっと気づいた。

「あっそうだ、ごめんなさい！　まだあなたにお礼を言ってなかった」

理由はわからないにせよ、ラースは自分でサクリーナを説得し、スノフレイの泉に来てくれる。ミルテだけではかなえられなかったことだった。

ありがとう、と言う前に、ラースはどうでもよさげにさえぎった。

「別にいい。礼の言葉なんて、ここに来る前に押しつけられていたからな」

「あれはバランシエの泉に行く機会をもらったからで、この分じゃないから。それに、三か月も教えてくれるなんて、ただありがとうって言うだけじゃ足りないくらい。あなたには、とてもたくさんのことを教えてもらえると思うから」

不意にラースが足を止める。

ミルテは間に合わず、半歩前に出てしまってふりむいた。

「そうだな、ついでだ。もうひとつ教えておいてやる」

まだ不機嫌さは残っているが何かを吹っ切ったように、ラースはミルテを一瞥した。

「──髪の花を取れ」

ミルテは素直に取った。

「それからこれを着ていろ」

ラースは、自分のマントをミルテに着せかけた。彼の手にかかると軽やかにひるがえったマントだが、ミルテの足もとまであるずっしり目の詰まった生地は予想外の重さだった。

「慣れないか。だが花は落とすし、白は目立つ。我慢しろ。あと、夜目は利くか?」

「大丈夫。何を見るの?」

「もしかしたら、おまえにも役に立つかもしれないことがある」

ラースはあっさりと白亜の小塔を越えて森に入った。ミルテは急いで追った。

頭上を厚く葉陰が覆う森のなかは道よりもさらに暗く、一歩ごとに闇に包まれていくかのような気持ちになる。そんな暗がりの先、ぼうっとやわらかな光が見えてくる。

バランシエの泉の家だった。

「今日のあの様子なら、部屋にいるはずだ。声は届かないと思うが、一応静かにな」

吹きガラスをはめた窓には室内の明かりが満ちている。ガラス内に乱反射したぼんやりした光は部屋の内部を見せてはくれないが、窓辺にたたずむ人影の動きを知るには十分すぎる。

影すら美しい小柄な女と、たくましい長身で長髪の男。ふたつの人影はむかいあい、話をしているらしい。もっぱら男が語りかけ、ときおり女が髪を揺らしてうなずく。

ミルテは小声で確かめた。

「サクリーナとあの金髪の修騎士だよね？　なんでこんな、盗み見みたいなこと……」

みたい、というより完全に盗み見だった。

ラースはサクリーナとリシャルの日常を見せ、泉主としてのあり方を見習わせようとしているのだろうか。ミルテはため息をついた。

（一角獣の日常ならいくらでも見るし、見たいけど）

サクリーナの日常を見たところで、ミルテが得るものは何もない。彼女と話したときに感じた見えない壁は、あの窓のガラスの何倍、何十倍も厚い。容姿も仕草も、何より実績と信頼がまったく違う。サクリーナはああして修騎士の疑問に答えてやれば満足されるのだろうが、ミルテが同じことをしても修騎士はあれほど熱心な態度にはならないだろう。

だが、ラースの恩を思えば自分から帰ろうとは言いだせない。ミルテは木に半ばもたれて、あくびを噛み殺した。

だから、妙な声が出た。

「ぁふゃっ⁉」

今度はミルテが、信じられないものを見る番だった。

窓辺の男女の人影が、ひとつになっている。抱きしめ、抱きしめられ、ときどき顔を離して見つめあい、そしてまた――。

かあっと集まった血で熱くなった頬を、ミルテは両手で押さえた。

「……こ、これ、見ちゃいけないものだから。だめだから」

聖女は清らかに身を保ち、修騎士は強き騎士をめざして修練を重ね、一角獣を待つ——カンディカレドの森にはこの絶対の決まり以外に細かな規則はなく、森全体に関わる件は聖宮長と一角獣騎士団長が、そして泉に関わる件はそれぞれの泉主の判断にゆだねられる。

聖女と修騎士の恋愛についても、はっきり禁じる規則はない。聖女、特に泉主は修騎士を慈しみ、修騎士は彼女を崇敬するものとされているが、そこに世俗的な恋愛感情が入る余地はないのは、わざわざ明言するまでもない当然のことと解釈されている。

とはいえ、聖女を辞して森を出る自由も、修騎士が森を離れる自由もある。そして森を離れた者がどうすごそうと、それこそ完全に個人の自由だった。長きにわたる森の歴史のなかでは、聖女と修騎士が森を離れてから結ばれた例も少なからずあるものの、彼女たちがいつから言い交わしていたかについては触れないのが暗黙の了解だった。

「あ、あの、もういいから、行こう」

ミルテはじりじり後じさった。森の鳥獣のつがいの愛情表現は微笑ましいが、自分と同じ人間となると恥ずかしさしか感じない。適量をはるかに超えてのぼってくる血のせいで、頭がふらついて足もとがおぼつかず、心臓の動きはばくばくと激しすぎて不安になってくる。

なのに、ラースはまるで動こうとしてくれない。

「次に一角獣が現れれば、サクリーナは今日のようにリシャルに一角獣を与える。そして適当な時期に森を出る。そのときは一角獣騎士として国の要職に就いたリシャルが迎えに来て、ふたりでブラネーシュ王国に戻るはずだ」

「う、うん、わかったから、あとでゆっくり聞くから、いまは」

「サクリーナは、森を出たがっていた。清らかな泉より、華やかな宮廷での生活に憧れていた。リシャルは俺のあとにバランシエに来たが、すぐに彼女の望みを察した。だからそれを提供し、サクリーナは受け入れた」

「ね、心臓が、きっともたないから、お願い」

「その前に一応俺も、セフェイルの宮廷ではどれくらい贅沢できるのか確認されたがな」

先ほど彼がサクリーナにした謎めいた脅迫は、その件だったらしい。

暗がりでも、ラースが厳しい視線をむけてきたことははっきりわかった。

「まさかとは思うが、おまえはそんなことは言わないだろうな？　もしそうなら、滞在は中止にしていますぐ森を発つ」

ミルテは反射的にぶるっと首を振った。否定しなくては彼の滞在が中止になる、というささやかな計算すら浮かばなかった。

「言わない、そんなの絶対に言わない」

頭を揺らしたせいで、いっそうくらくらする。

「だろうな。ほかはともかく、おまえはそういうところでは信頼できそうだ」

「ありがとう……だからもう行こう」

ラースは旅嚢に下げたランタンを取った。

ミルテは目をそらせた。木にもたれ、大きく息をついた。

行くぞ、と声がして、半透明の薄革に閉じこめられた小さな火を先導に、ラースがゆっくり森を戻りはじめる。

ミルテは心底ほっとして彼を追った。大きく森の空気を吸いこむ。しっとりした夜の気配が胸に満ちて、体をやさしく冷(さ)ましてくれた。

「本当にわかったんだろうな？」

「え、何が？」

「泉主と修騎士の裏取引なんて、俺としてはどうでもいいが、あの聖宮長と騎士団長には効く。今日は俺を切り捨てることで問題を終わらせたが、もしこの件が大ごとになれば、今度すべての原因を押しつけられて切り捨てられるのはあいつらだ。それはサクリーナたちにもわかっている。だから駆け引きに使えた」

ラースの話に耳を傾けながら、ミルテはぼんやり別のことを考えていた。

（この人が、一角獣騎士に選ばれなかったのにほっとして見えたのは、あの一角獣にがっかりしたからじゃなくて、サクリーナを見限ってたからだったんだ）

サクリーナがリシャルと自分を天秤にかけたときか、リシャルを選び内々に言い交わしたときか。いずれにしても、彼はサクリーナのもとで一角獣騎士になる見込みを捨てた。しかしリシャルが一角獣騎士になり、そしてサクリーナが森を去れば、バランシェの泉には新たな泉主が就く。だから気分一新して新たに修練を重ねるつもりで、彼は髪を切ったのだろう。

一番確かめたかったことが確かめられた。喜ぶべきことなのに、ミルテは少し寂しくなった。もしかしたら自分と同じ一角獣を知っている者がいるかもしれない、という淡い期待を、もう一度しまいこむ。

「聞いているのか？」

「あ、うん、はい」

「おまえがこの森にいつづけたいなら、使える武器は多いに越したことはない。周囲の情報もそのひとつだ」

「うん、家訓。自分の周囲のことには詳しくなっておくほうがいい、だよね」

「……妙なことはおぼえているんだな」

ラースの掲げた明かりが、木々の先に道を照らした。

木々の根がもりあがり、落ち葉でふかふかする森と違い、頑丈に舗装された道ははるかに歩きやすい。ミルテは肩越しにふりむいた。星明かりがきらめく深青色の空の下、森の闇は黒々とうずくまり、バランシェの泉の光はまったく見えなかった。ミルテは小さく息をついた。

「サクリーナが森を出たいと思ってたなんて、全然知らなかった」

「何を思っているかなんて全然考えなかった、が正しいんじゃないのか」

鋭すぎる指摘が返ってくる。ミルテはひるんだ。

「そ、それはそうだけど。でもサクリーナは、最近だと一番多く一角獣に金鎖をかけている立派な泉主だから。そんな人が森を出て贅沢な暮らしをしたいと思ってるなんて、わたしじゃなくたって考えないと思う」

修騎士は故国から来ている若い騎士、一角聖宮の騎士は一角獣を看取った老騎士ばかりだが、聖女は違う。貴族の子女もいれば庶民もいて、森での暮らしを始めた年齢も十代から中年以降まで幅広い。迷いこんだミルテのような幼女は珍しいものの、これもいないわけではない。

「サクリーナはたしか、どこかの国のお姫さまか、貴族か、お金持ちの出で」

「本当に人間には興味がないんだな」

「だって、いま聖女なのには変わりないし……。とにかく、森に来たときからとてもきれいな人で、すぐにバランシエの泉の次の泉主に決まって、泉主になっても順調で。このまま、いつか聖宮長とかになるんだろうなって思ってた。……びっくりした」

ガラス窓のむこうのひとつになった人影が自然と思いだされる。うあ、とうめいたミルテはぎゅっと頬を押さえて、ざわつく気持ちを静めた。

「俺も意外だったが、いまは、この森を出たい気持ちだけならわかる」

ミルテはラースの横顔を見あげた。ランタンの灯(ひ)が彼の顔も照らしだして、その目をより炎の色に近づけている。

「幻滅したから？」

「ああ」

短い肯定が、言葉では言い尽くせない彼の心情を伝えてくるようだった。

「そうなんだ。なのにありがとう、三か月も我慢してくれるなんて」

ラースはちらりとミルテに顔をむけた。

「おまえは、少しは違うようだからな。それに考えてみれば三か月後のほうが、国に帰るのには都合のいい季節だ」

カンディカレドの森は一年を通じて温暖な気候が保たれているが、諸国にはそれぞれの四季がある。八歳以降ずっと森ですごしてきたミルテにも、ちりちりと肌を焼く真夏の太陽と吹きすさぶ真冬の寒風の記憶は残っている。

旅には向かないこれからの季節がラースの心変わりを誘ったのなら、幸運なことだった。ミルテは彼に力強くうなずいてみせた。

「わたし、頑張るから。でももしわたしに幻滅してしまっても、三か月だけ我慢してくれたらうれしい」

ラースはそっぽをむくようにして、前をむいた。小さなため息が前置きだった。

「はずみとはいえ、自分で言ったことだ。国に連れていけと言われないかぎりは、守る」

ラースの不信は相当に根深いらしい。だがその点に関しては自信もあって、ミルテはくすりとした。

「ほかのことならちょっと心配だけど、そのことだったら大丈夫。だってあなたは、セフェイルの王子さまか貴族——だったよね?」

「帝子」

「あ、ごめんなさい、とにかく偉い人だから。でもわたしは、何もないただの庶民で。ここがカンディカレドの森だからあなたともこうして話せるけど、ここ以外の場所だったらそもそも会うことなんかできない人だって、わかってる」

またちらりとこちらを見たラースに、ミルテは力強くうなずいてみせる。

「だから大丈夫。あなたの国に連れてってなんて、絶対にお願いしないから」

ラースは何か言いかけたような気もしたが、結局無言のままだった。

「あ——わっ、これもごめんなさい!」

「なんだ?」

「忘れてて……ずっと借りっぱなしだった。もう夜なのに」

ミルテは、彼に着せかけられたままのマントを脱ごうとした。温暖な森とはいえ、夜はやはり涼しくなる。

「いまさらいい。おまえのほうがよっぽど薄着だろうが」

「う」

聖女が着る薄白絹の長衣は夜の外出を想定していない。たしかに、少しマントをくつろがせた首もとに、すうっと夜気が冷たかった。

「体調を崩す暇はないはずだぞ。おまえが満足だろうと不満足だろうと、俺は三か月したら発つからな」

「わ、わかった。――ありがとう」

ずしりとしたマントはややごわついた肌ざわりだが、そのあたたかさはとても心地よかった。

第二章　事情と事情

翌朝はよく晴れた。

木栓をした小さな壺を小脇に抱え、両手で平桶を下げたミルテは、木々の緑を映すスノフレイの泉に近づいた。

泉主には、毎朝の決まりごとがある。壺と平桶を置いたミルテはそばの茂みから白い花を摘み、さっと泉にひたしてから髪に挿した。カンディカレドの森の泉にはふしぎな力があり、これで花は一日もつ。薄白絹の長衣は聖なる務めに捧げた身を、首にかけた金鎖は一角獣との結びつきを、そしてこの髪に飾る花は泉主の資格を示す。

だが小鳥以外聞いていないのをいいことに、ミルテは不敬なつぶやきをもらした。

「花の形の髪留めにすれば、毎朝楽なのに。すぐに落ちちゃうし」

ミルテは再び壺と平桶を持って、泉の水を引いた下流の洗い場へとむかった。壺と平桶を置いてしばらく待つと、そのうち森の道から、カランカランと陽気なベルの音が近づいてきた。

ミルテは裾を片手で軽くまとめ、ゆっくり道に出た。

「おはよう」

白く塗られたベルをつけて荷車を引く小牛と、動きやすい筒袖の白い長衣に茶色の胴着を重ねた、一角聖宮の見習い聖女を出迎える。

「あっ、お、おはようございます、ミルテさま」

この見習い聖女は、スノフレイの泉の配達担当になって数か月経つ。ほかの泉とは違う泉主のミルテ自らの出迎えにももう驚くことはないはずなのだが、今日はどこかおどおどしている。

荷車に積まれた食料品の篭を持ちあげながら、ミルテはふと気づいた。

「もしかして、わたしが逆破門された話を聞いた？」

見習い聖女がびくりとした。昨日は〈盟約〉の儀式の失敗という大事件で一角聖宮中が大騒ぎだったはずだが、図書室担当の聖女たちも負けじとしっかり別の事件を広めたらしい。

ミルテは屈託なく言った。

「それは本当だけど、でもほかの人が来たから。食料はこれからも同じ量でお願い」

ほかの人と聞いて、まだ幼さの残る見習い聖女の顔が好奇心で輝いた。質問することは自重したものの、ミルテから話してくれないかときらきらした期待の目をむけてくる。

「知ってるかな？　バランシェの泉にいた、ラースっていう修騎士」

「えっ、でもあの人、昨日破門されたって――」

「うん、だからここに来てもらったんだ。ちょうどいいし」

ミルテは話しながら、次々と荷物を下ろしていった。

見習い聖女がわれに返り、あわてて謝罪して手伝った。一刻も早く、新情報を仲間に教えたいのだろう。足早に帰っていき、カランカランという小牛のベルが遠ざかる。

「――よし」

ミルテは荷物をそのままに、洗い場へと戻った。髪の花を取り、金鎖もはずし、平桶に入れていた生成(きなり)の麻の衣を頭からかぶる。ふくらはぎまである裾を下ろし、その中でごそごそと身じろいで、裾の下から器用に薄白絹の長衣を脱ぐ。

「やっぱりこっちのほうが、楽でいいな」

麻の衣の筒袖に手を通して、ミルテは薄白絹の長衣を平桶につっこんだ。純白の裾のなかほどに、血のしみが残っている。昨日いつの間にかすりむいていた膝(ひざ)からのものだった。ひだを寄せていたので見習い聖女には気づかれなかったが、一角聖宮では確実に見とがめられる。

平桶にざあっと水を流し入れ、ミルテは慣れきった様子で長衣を洗いはじめた。水だけでは落ちきらない残りは、壺の塩と水を混ぜて塗りつける。そうやって辛抱強く洗っていくうち、ようやくしみが見えなくなる。平干し台に長衣を広げて、ミルテは花と金鎖をつけた。

ラースが姿を現した。短く切られた髪はおかしくはなく、むしろ以前より似合って見える。彼は無言のまま、置き去りにされた荷物に歩み寄った。

遅れて着いたミルテは、彼の背中に声をかけた。

「荷運びなんてしなくていいよ？　わたしひとりで運べるから」

「ほかにすることもないからな」

ラースはミルテに目もくれず、野菜などが入った最も重い篭を手にした。上に卵の小篭を載せ、雑貨が入った篭の持ち手を腕に通す。

いつもの朝の景色が急に変わる。ミルテはとまどった。

「本当にいいってば。これまでだって、わたしひとりで運んでたんだし」

「ふたりで運ぶほうが早いだろうが」

ミルテは目を丸くした。さっさと歩いていってしまう彼の背を見つめ、まばたく。

「——うん！」

残ったパン篭を持って追いながら、ミルテは無意識に微笑んだ。

同居人に何も期待しない昨日までの暮らしを、特にいやだと思ったことはない。だが、自分と一緒に暮らす意識がある相手の存在は懐かしく、心がほんのり浮きたった。

泉の水際の木陰に、こぢんまりとした住まいがある。不釣り合いに高い煙突も、鍔広帽のような屋根も、ミルテが初めて見た十年前から、何ひとつ変わっていない。

漆喰塗りの内部も、昔ながらの簡素な造りになっている。扉をあけてすぐの広間が食堂兼居間で、壁際にかまどを兼ねた暖炉。あとは、半ば壁に埋もれた木のらせん階段と、扉がいくつか。そのうちのひとつは、昨夜ラースに私室として案内した部屋につづいている。

「貯蔵室は？」

「あの扉。でもその前に、そこに置いてくれる？」

ミルテは箱に入っていた食料品を長卓に並べた。

泉には、一角聖宮に付随する農園や近隣の町村で採れる食料が毎日届けられる。今日の分は、パン、チーズ、卵、葉物根菜とりどりの野菜と食用花、そして塩漬肉の包みだった。

「わたしはパンとチーズを半分欲しいんだけど、あなたは？　好きなだけ取っていいよ」

面食らった顔をしたラースは、少し考えてから口をひらいた。

「スノフレイでは、泉主も修騎士もそれぞれ勝手に好きなものを食べていたのか？」

「うん。自分のことは自分でするって決めてたから」

「……だったら、全部半分もらっておく」

「わたしは、さっき言った分だけでいいよ。今日は果物もないし」

ミルテはパンとチーズを半分に分けはじめた。

「部屋の説明は昨日したよね。貯蔵室の食料や家にある物は、なんでも自由に使っていいから。好きなときに好きなことをしてくれていいけど、あなたにはいろいろ教えてもらいたいから、時間があるときは声をかけてくれるとうれしいかな。あとは……えっと、何か質問ある？」

「まずはその格好だな」

ミルテは自分を見おろした。はっと気づく。

（もしかしてこの人も、聖女らしくない格好が大嫌いだった……？）

動きやすさだけでなく、麻のからっとした風合いも、多少ひっかけたところで気にならない丈夫さ、汚れの落ちやすさも気に入っているのだが、大きな袖や長い裾がしなやかにひだを作る優雅な薄白絹の長衣に比べれば、聖女らしさに欠けることは否定できない。

「あー……その、こっちのほうが、何かと便利で」

「聖女が着る物とは思えないんだが」

「うん、町の人向けのものだから」

洗濯に追われるミルテのためにベルゼリアが手に入れてくれた、一般的な町娘の服だった。

一応は人目を気にして、見習い聖女の前でも着ないようにしている。ただ昨日まで泉にいた修騎士はもちろん、彼を訪ねてきたほかの泉の修騎士に見られたことはある。逆破門の言葉からすると、あの修騎士はそのことも我慢ならなかったらしい。

「昨日、長衣が汚れちゃったから……それに、今日は一角聖宮に行く用事もないし」

ミルテはおずおずと申し出た。

「見てて気にさわるようなら、長衣が乾くまで部屋から出ないでおこうか？」

「そういう意味じゃない。おまえが聖女らしさを気にしないのは、もうよくわかった」

ラースは無感情に否定した。単に変人の生態として受け入れられただけのような気もするが、ミルテにはそれで十分だった。

「よかった。でも、じゃあ何？」

「一角獣が現れたら、こういう聖女らしくない自分を選ぶかもしれないと思っているのか？」

――ある日、スノフレイの泉に一角獣が現れる。修騎士には目もくれず、ミルテに鼻面を寄せ、その場にゆっくり膝をついて角を垂れて、そして乗れと言うように頭を動かして――

ひとりひそやかに楽しんできた夢想を的確にさらされて、ミルテはかあっと顔を赤くした。

（あんなに退屈そうにしてたのに……）

昨日はサクリーナを説得しようと必死で、いろんなことをぼろぼろと言ってしまった。興味のかけらもなさそうにしていたくせに、実はラースはそんな言葉をよく聞いていたらしい。

ミルテは遠慮がちに抗ってみた。

「あの、あなたにはあんまり関係ないんじゃないかなと思うんだけど」

「まあ家訓だな」

話題を変えたい。なんとかして変えたい。ミルテはぱんと両手を合わせた。

「そうだ！　家訓ってことなら、この泉のまわりを見てきたらどうかな？　あなたは、スノフレイの泉に来たことはなかったよね」

「もう見てきた」

「え、えっ!?　全然気づかなかった、いつ!?」

半分は本気で訊いたのだが、ラースは乗ってくれない。まだ合わせたままだったミルテの両手を、彼は軽々と片手で握った。

「手が小さいな。これで武器を扱うのは難しいぞ」

淡々とした言葉以上に、事実がはっきり突きつけられる。彼の手が離れたあとも、もちろんその事実は消えはしない。

「女騎士も、いなくはないがな。おまえには無理だ。向いていない」

ミルテは顔を曇らせた。

「……わかってる。そもそも向いてる向いてない以前に、庶民が騎士になれるわけないし」

ベルゼリアがいたころ、ミルテは修騎士の目を盗んでそうっと剣を持ってみたことがある。剣の重さはずしりと手首の骨にまで届いた。こんな物を振りまわせるわけがないと絶望した。

騎士になるには、武芸、作法、教養といった幼いころからの教育が要る。この十年スノフレイの泉に来る修騎士を見ていて、ミルテはそのことを思い知った。そうした素養のない者が追いつくには相当な資質がなくてはならず、それはミルテにはないものだった。

「この森の教えでは、一角獣が尊ぶのは清らかさと強さなんだろう？　聖女が前者、騎士が後者、両者がそろっての正しさだったな。一角獣に会いたいのに騎士が無理なら、聖女として清らかさを追求するしかないと思うが、どうしてそうしないんだ？」

ラースの追い打ちを、ミルテは苦笑でかわそうとする。

「そうできればいいんだけど、わたし、あんまり聖女にも向いてないみたいで。それでもできることはあるから、時間があるなら『一角獣とともにあらんと願う騎士の慰みの書』を」

「一角獣について、おまえはほかの者が知らないことを知っているんじゃないのか？」

金朱の両眼（りょうがん）がじっとミルテを見据えている。

「――な、なんで？」

ここで目覚めたあの朝、ミルテはもちろんベルゼリアに一角獣のことを話した。まさにこの長卓だった。ベルゼリアが手早くしぼってくれた果汁のおいしさとともに、「森の聖女さま」ならきっとまたあの一角獣に会う方法を教えてくれるという安心感もおぼえている。

だがベルゼリアは言った。

――その話は、わたし以外にはしてはいけない。わたしたちふたりの、秘密だ。

おもいがけず厳しい声と表情に、ミルテはびっくりして、泣きそうになった。

するとベルゼリアは、まったく対等の友達にむけるような笑顔になった。

――大丈夫、おまえは悪いことをしたわけじゃない。ただ、何が起きたかわからないうちは黙っておくほうが、面倒ごとが少ないというだけだ。もう一度その一角獣に会いたいなら、この森で学んで、再会できる方法を一緒に探そうじゃないか。

以来ミルテはベルゼリアの言葉を守り、誰（だれ）にもあの夜の一角獣の話はしていない。学べば学ぶだけ、あの一角獣がどれほど普通の一角獣と違うのかわかったせいもある。

「昨日おまえは、あの一角獣を見て俺もがっかりしたんじゃないかと訊いただろうが。つまりおまえは、あの非の打ちどころのない一角獣にがっかりしたということになる」

勘がいい面倒な相手を招いてしまったと、ミルテは一瞬後悔した。だが、一瞬だけだった。

（でも、セフェイル帝国やツァサ亡国の話が聞けるなんて、滅多にない機会だし！）

セフェイル帝国出身の修騎士は少ない。現在もラース以外にはいないはずだった。

ミルテは気を取りなおし、なるべくいつもどおりに見えるよう祈った。

「そんな、買いかぶりだよ。わたしはベルゼリアやサクリーナみたいな立派な泉主じゃないけど、それでもそんなに一角獣にくわしかったら、一回くらい一角獣に会えてると思う」

改めて苦笑を作り、彼を見つめる。気のせいか、炎と同じ色の目力が増して見える。

（うあ、やっぱり苦手かも……）

ラースの視線がふっとそれた。ほっとしたミルテの耳に、彼の小さな吐息が聞こえた。

「――まあいい。どうせ三か月のつきあいだ。そのあとは二度と会うこともないしな」

「そうだね。もちろん、あなたがまた来てくれる分には、歓迎するけど」

「歓迎か――そうだ、昨日俺を案内したあの部屋は、もとは泉主の部屋だな？」

今度は何を追及されるのか、ミルテは身がまえながらうなずく。

「なのに、前のスノフレイの泉の修騎士も、あの部屋を使っていたのか？」

あまりにどうでもいい質問に、ミルテはおもわず口もとをゆるめた。

「うん、あの人が使いたいって言ったから。わたしより体も大きいし、荷物もあったし、広い部屋のほうがいいんだって。仕送りを届けに、実家の人が来ることもあったたし」

ラースは何か言いたそうにしたが、言葉のかわりに先ほどより大きな息をついた。

また何かあきれられたらしい。ミルテはおそるおそる説明を試みた。

「あの、でも、わたしは眠るところと書き物机以外は要らないから、無理はしてないよ」

「……聖女らしくないだけじゃなくて、泉主らしくもなかったんだな」

風向きがまた怪しくなってくる。この小言めいたやりとりがつづけば、またあの夜の一角獣の話に近づいてしまうかもしれない。

「あ、じゃ、じゃあわたし、ちょっとまとめものがあるから！」

ミルテはさっと壁の棚から篭を取り、自分の分のパンとチーズを手早く入れて、持ち手を腕にかけた。そのままひとつ飛ばしに階段を駆けあがろうとした。

が、朝食前、それもラースの勘ぐりのせいで緊張を強いられたあとの行動としては激しすぎた。目の前が白くなってふらりとして、次の瞬間、したたかにむこうずねをぶつけた。

「痛ったあっ！」

おもわず声が出る。これは痣になった、と豊富な経験が冷静に告げてくる。

薬香油は居間の棚にあるが、それよりもラースに何か言われる前に逃げだしたい。

「だっ大丈夫、慣れてるから！」

せわしく片手を振りながら、ミルテは今度こそ階段を駆けあがって安全な屋根裏部屋に飛びこんだ。

こぢんまりとした屋根裏部屋は、もともとは物置だった。ミルテがここに来たときベルゼリアが片づけてくれ、以来ミルテの部屋となっている。長椅子(いす)兼ベッドがひとつ、小さな棚と一緒になった机がひとつ。低い丸屋根には窓がついていて、ひらくと泉がよく見渡せる。

ミルテは机に籠を置き、座った。

「はあ、痛かった」

膝を立ててむこうずねをさすりながら、ミルテは籠のパンをちぎって口に入れた。そんな朝食と並行して、棚につっこんでいた紙束とインクとペンを片手で順番にひっぱりだす。

昨日はいろいろありすぎて、図書室で触れた知識を書き残しておけなかった。遠ざかってしまった記憶を懸命にたぐりながら、ミルテは文字にしていった。最初のうちはパンとチーズを口に運んでいたものの、集中が深まるにつれてつまみ食いはいつしか止まる。

「ええと、たしか右中央にツァサの地図があって、縁飾りは竜で……なんだったかな」

漠然と全体図が記憶に残るページの、そこになんと書いてあったか。さらに詳細な記憶が出てこないか、ミルテは両のこめかみをぐいぐい押してみた。それを見たときの図書室での姿勢を再現してみた。さらに前後に体を揺すってみて、立ちあがってゆらゆら揺れてみる。

「あっそうだ、ショーの森！」

この一年ずっとそうしてきたように、ミルテはひとり、紙を埋める作業に没頭した。

やがてふと喉(のど)の渇きをおぼえて、ミルテは机から顔をあげた。

窓の外の泉にきらきらと反射する木漏れ日は、完全に午後のものだった。

（……あの人、ちゃんと食べられたかな）

なんでも使っていいとは言ってはあるが、この家に来たばかりで勝手がわからないラースは、食事を準備できただろうか。まだたっぷり残っているチーズのかけらを口に入れ、ミルテはそろそろと途中まで階段を下りて、慎重に階下をのぞいてみた。

おそるおそる目をやった暖炉には新たに薪が入れられ、鍋もかけられていたが、火は消えている。料理の匂いがまだ濃くただよっている。ミルテは鼻をくんくんさせた。

（なんだろ。絶対おいしいものだ……）

どこの泉でも、通常は修騎士が師である泉主の食事も仕度する。ラースもバランシェの泉で料理当番を務めたことがあるのだろう。

きれいな木皿を横に、ラースは、両腕を枕にして長卓でうつ伏せに眠っていた。

（心配することなかったな）

ミルテはくすりとした。食後の片づけをする前にうたた寝をする、という自分の家のような態度にほっとして、ミルテはまたそろそろと屋根裏部屋に戻ろうとした。

「あ」

そこで気づく。長卓に置かれた皿はきれいすぎた。使う前としか思えなかった。

（もしかして——昨日、眠れなかったんじゃ）

周囲をもう見てきた、という彼の言葉を思いだす。昨日より眼光がきわだって見えたのも、単に寝不足で顔色がすぐれなかったからという気がしてくる。

昨日あれだけの出来事がありながら、ラースはその影響をまるでうかがわせなかった。自分からこの森に見切りをつけたといった態度で、師に破門されても揺らがない自尊心、次の行動を決めていく決断力、堂々とした交渉の手腕と、強い姿しかミルテは見なかった。

だがやはり、一角獣騎士をあきらめた失意や衝撃は彼のなかにくすぶっていたのだろう。

（――この人、これからどうするのかな）

ラースの別の一面に、ミルテは初めて彼自身のことを考えた。

三か月経ったら国に戻る、と彼は言っていた。一角獣騎士になれず、しかも破門されたという不名誉を受けても、戻ったあともそれまでと変わりなくすごせるのだろうか。

ラースの短く切られた髪が動いた。くぐもった低い寝言が聞こえたが、何を言ったかはわからない。ただ様子がひどく苦しげで、ミルテはつい身を乗りだした。

その瞬間、ラースは絶叫しながら立ちあがった。

「ひゃあっ⁉」

ミルテは悲鳴をあげた。危うく転がり落ちそうになって、階段脇の柱にすがりつく。

はっとこちらをむいたラースの鋭い視線が、ミルテを射貫（いぬ）いた。ミルテはびくっとすくんだが、彼の視線はミルテではなく、くすぶる夢のつづきを見ているかのようだった。

しばらく真っ青な顔で固まっていたあと、彼は目を伏せて髪をかきあげた。

「――悪い。変な夢を見た」

顔色が悪いだけでなく、ラースは冷や汗までかいていた。

バランシエの泉主が相弟子と言い交わして一角獣を与える約束をしたことを知っても、希望はまだ消えていなかった。こうしたことはきっと稀な例外でしかなく、彼女が去ったあとのバランシエの泉には公平な泉主が来るだろうと期待していた。

だが泉主から破門を言い渡され、一角獣騎士団長に罵られたときに悟った。幼いころ憧れた一角獣の森は愚かな美しい幻想で、実際には俗世となんら変わらない、自分を守るためなら他を攻撃することをためらわない者の集まりでしかなかった。誰もが清らかに強く正しい理想郷は、やはりこの世のどこにも存在しなかった。

父帝と重臣たちがずらりと顔をそろえた宮殿で失敗を報告するときも、だから落ちついたものだった。

――師より破門を言い渡され、帰国いたしました。一角獣騎士になるという任を果たせず、非才の身を恥ずかしく思います。

なんの心もなくお定まりの謝罪の言葉を述べ、すでにわかっている処分の言葉を受ける。

――貴い身分に足る力量なき者よ、その罪を負い囲いの城ですごせ。

セフェイル帝国の厳しい風土にあっては、帝子はほかの誰よりも優秀であることを求められる。そうなれなかった無能な帝子は、帝位に即く権利だけを有する将来の不安の種と見なされる。それが決して芽吹くことのないよう、そうした帝子は厳重に警戒された孤島の城に幽閉され、死のみを期待されて一生を送る。

だが、一角獣騎士を出すことでカレド諸国の友好的態度を得ようとしていた父帝らの失望は、慣例ではすませられないほど大きかったらしい。

暗殺者たちに囲まれる。これが最後と暴れたが、衆寡の差を覆せるはずもない。

倒れたひとりの陰から突きだされた鋭い刃が、肋骨のすきまに冷たく突き刺さった。とぷりとあふれだした血の熱さが妙にはっきり伝わった。死んだ、とわかった。

――いやだ！

自分でも意外なほど強い死への拒絶が、喉をついて出た。

「ひゃあっ!?」

自分のものではない悲鳴で、ラースは夢からさめた。

たっぷりした髪をまた乱して、ミルテが階段の柱に抱きついていた。

暗殺者に殺された生々しい記憶と、毒気を抜かれる彼女の姿が、脳内であわただしく交差する。あまりの差違に、どちらが実際の世界なのか把握するまで時間がかかった。

ミルテは両眼を大きくみはって、息も忘れているかのようだった。

一角獣に夢中な浮き世離れした彼女に、冷徹な故国の気配を近づけてしまったのが、ひどくむごい仕打ちに思えた。ラースは目を伏せ、ここ数年の癖で髪をかきあげた。無意識の予測に反してあっさり髪をすりぬけた指の感覚が、改めてここがどこなのか思いださせてくれる。

「――悪い。変な夢を見た」

修練が足りない、とラースは自省した。昨夜どうしても眠れなかったのも、いらだちを忘れたくて夜明け前から歩きまわって疲労を溜めたのも、そのせいでスープのできあがりを待っているうちについ寝入ってしまったのも、すべて自分のいたらなさのせいだった。

軽い足音が床に下りてきた。立ち去ってくれと願ったが、かなわないこともわかっていた。

「なんの夢？　悪い夢だよね」

心配そうな声が尋ねてくる。うつむいた視界に、靴を脱いだ血の気の薄い素足が見えた。

スノフレイの泉の残念聖女のうわさは、ラースもうっすら聞いてはいた。がさつで間が抜けてみっともなくて、あんな泉主を選ばなくて大正解だったと他の修騎士たちは嗤っていた。

実際彼女は、見た目に無頓着で行動は非常識だった。なりふりかまわず、たちくらみを起こすまで走って人を追いかける聖女は、彼女くらいのものだろう。

そんな彼女を新たな師にしたつもりはまったくない。ただ、修騎士になりたかったとまで言えるほど純粋に一角獣を追い求める彼女が蔑まれたとき、バランシェの泉主たちへの怒りが湧いた。この残念聖女のほうが、よほど一角獣の森にふさわしいと思った。

どうせ国に帰ってもやることはない。だったら最後に、彼女が願うツァサの古書の知識を教えるくらいはしてもいいかと、ラースはしばらく森に残ることにした。

たった半日のつきあいで、彼女の変わり者ぶりはわかりすぎるくらいわかった。配達の受け取りから洗濯、食事の準備と、泉主というより修騎士の生活をこなしている。実際には修騎士になれないとわかっているのならせめて泉主らしくすればいいだろうに、彼女には、そんな決まりごとなどどうでもよくなる秘めた信念があるようだった。

一見無邪気に見えてもそれを話さないからには、自分とは三か月かぎりの同居人という関係を保とうとしているのだろう。しかし、さすがに絶叫されたとなると見すごせないらしい。

うっかり寝入ったのは本当にまずかった。なんの得もない詮索をあきらめてくれないかと、直視されることがやや苦手らしい彼女を、ラースは目を険しくしてじろりとにらむ。

「関係ないだろうが」

関係ないとラースに突き放されて、ミルテは眉をひそめた。どう見てもただごとではなかったのに、心配を無下にされるのは気分のいいものではない。

「あなただって今日、あなたに関係ないわたしの気持ちを訊いたよ?」

「結局まともに答えなかったけどな。一角獣に選ばれるつもりなのかどうか」

ぴしゃりと返されて、ミルテはひるんだ。が、すぐに顔を真っ赤にして叫んだ。

「——そっ、そんなことが起きるって信じてるわけじゃないけど、でも一角獣が修騎士じゃなくてわたしを選んでくれたらいいなって、ずっと妄想してる！」

ラースが眉を動かした。

「わたしは答えたから。あなたも答えて」

恥ずかしさをこらえて、ミルテは彼をまっすぐ見つめた。だがラースはそっけなかった。

「俺の夢には一角獣は出てこなかったから、おまえには必要のないことだ」

「それは、わたしが決める」

赤い顔をしながらも、ミルテは引かなかった。

「わたしはスノフレイの泉主で、この泉に関することは全部、わたしの責任だから。あなたは三か月この泉で暮らすと言ったんだから、そのあいだはあなたのこともわたしの責任になる」

「……前言撤回して、いますぐ国へ発ってもいいんだぞ」

横を通りぬけて暖炉にむかおうとした彼の上着の裾を、ミルテはつかんだ。

「つらいから！」

ラースが肩越しにふりむいた。

「眠れないのは、本当につらくなるから。——わたしもそうだった。父さまも母さまもいなくなって、悪い夢ばかり見て、それが怖くて眠れなくて。毎日いやなものが目に入って、どんどんつらくなるばっかりで、もう消えたいってことしか考えられなくなって」

一角聖宮の見習い聖女になったころ、ミルテはしばらくそんな日々をすごした。再び眠れるようになったのは、ベルゼリアがスノフレイの泉に引き取ってくれてからだった。

「あなたもそうなるかもしれない。だからその前に眠れる方法を――」

「いま眠れたんだから、今晩だって眠れるだろうよ。とにかく、おまえに迷惑はかけない」

「迷惑とか迷惑じゃないとか、そうじゃなくて。あなたは、国に戻ったらどうなるの？」

修騎士たちは、一角獣騎士になることを誰かに期待されている者ばかりだった。家族であったり、故郷であったり、そしてラースの場合は故国そのもののはずだった。

「一角獣騎士になれなくても大丈夫なの？」

ほんのわずかに、ラースの視線が揺らいだ。

「ああ」

視線はすぐに戻ったが、彼の肯定をまったく信じられない。ミルテは食い下がった。

「ツァサ亡国の件もあるし、どうしても一角獣騎士にならないといけないってことはない？」

二十年ほど前に滅んだツァサ亡国は、その数十年前からひとりの一角獣騎士も出ていなかった。かつては東方諸国で最も多くの一角獣騎士を出し、東方の令国と称えられたツァサだったが、現在では、一角獣騎士を出せない、すなわちそれほど堕落した国がどういった運命をたどるかという、みじめな悪例としてその名を知られている。

「まったく、妙なことだけ気が回るんだな。話してやるから、二度と同じことを訊くなよ」

ラースは心の底から面倒そうに答えた。

「もちろん、一角獣騎士になれなくていいはずがない。一角獣騎士を出しつづけていければ、カレド諸国はセフェイルを認めはじめる。セフェイルは東方にあって孤立した国だ。一角獣騎士をきっかけに友好的な国が現れれば、いろいろとありがたい」

「じゃあ！」

「ただ、セフェイルには俺以外にいくらでも適格者はいるということだ。帝子だけで十人近くいて、優秀な騎士はもっとずっと多い。俺が帰れば、さらに適した者が派遣されるだけだ」

「だったらどうして、その人たちがもっとカンディカレドの森に来ないの？」

「人材は多いとは言え、有限だ。一角獣騎士にだけ人材をふりわけたら、別の仕事が滞る」

「帰国したら、あなたにはまた新しく別の仕事があるということ？」

「ああ」

今度はラースの視線は揺らがなかったが、ミルテは疑いのまなざしをはずさなかった。

「本当に？　どんな？」

「まあ閑職だな。それでも予定はちゃんとある」

ラースはふりかえりながらさっと上着をはらい、ミルテの手を放させた。

「とにかくおまえは、何も気にしなくていい。それに俺は、この森や一角獣騎士団が嫌いなんだ。そんな奴らと関わりつづけるよりは、閑職のほうがずっとましだ」

口ぶりが本気に聞こえれば聞こえるだけ、彼が見た悪夢が気になってくる。

「でもあなたは、騎士団長に儀式を壊した責任を全部押しつけられるまでは、一角獣騎士になろうとしてたよね？　それくらい、強い気持ちでいたよね？」

「それが俺の義務だと思っていたからな。だがもう違う。もとはと言えば、俺がこの任に選ばれたのが間違いだったんだ。国に帰ってそれを言えば、今度こそ一角獣騎士にふさわしい騎士が選ばれる。母方の家系だの、子供のころの夢みたいな話だのにわずらわされずにな」

ミルテは眉をひそめた。

「生まれや子供のころの話が理由で、あなたはここに来させられたの？　そんな、ひどい」

「一角獣に会った、という話でもか？」

ミルテは息を呑んだ。おもわずラースの胸ぐらをつかむ。

「いま、なんて!?」

力を込めた自分の腕にひっぱられて、ミルテはつま先立ちになって彼に迫った。

「一角獣に会ったの!?　いつ!?　どこで!?」

ラースは動じず、非難がましく見つめてきた。

「ほら見ろ、おまえも子供の話を真に受ける。一角獣に夢中な者は、みんなそうだ」

かあっと顔に血がのぼる。

「たったしかに……。ごめんなさい、でも」

血がのぼったのは矛盾を指摘されて決まりが悪いせいではなく、興奮のせいだとはっきり自覚できる。昨夜どころではないくらい心臓がばくばくいっているが、不安はまるでない。

「――もしかしたらあなたは、わたしを一角獣に会わせてくれるかも」

誰にも言ってはいけないことだと秘密にしてきた記憶を、彼には話すべきだと自然に思えた。

ミルテはこくりと喉を鳴らして、唇をひらいた。

「ベルゼリアからほかの人には言うなって言われてたけど――わたしも、一角獣に会ったことがある。この森に来る前のまだ子供だったころ、ひとりで夜の丘にいたときに」

ラースが目をみはった。

これまで話さずにいた分を取り戻そうとするかのように、ミルテは矢継ぎ早につづけた。

「夢みたいだったって自分でも思うけど、絶対に夢じゃないから。カンディカレドの森なんてお話で聞いたことしかないくらい、離れた街にいたんだから。それなのにあの夜、一角獣が背中に乗せてくれて、朝になったらここ、スノフレイの泉にいた。わたしはそのとき八歳で、ひと晩どころじゃなくて何日かけようと、ひとりじゃ絶対にここまで来ることなんてできない。だからわたしが会った一角獣は、本当にいた。夢じゃなかった。だからわたし、どうしてもまた一角獣に会いたくて、ただの一角獣じゃなくてあの夜の一角獣に会いたくて、そうしたらベルゼリアがここの泉主にしてくれて」

ミルテはあえぐように息を継いだ。だがまたすぐに口をひらいた。

「あなたは？　いつ、どんなときに、どうやって会ったの⁉」

ラースの顔には、非難にかわって驚きが浮かんでいる。

「……三歳、母親の葬儀のあとだった。埋葬地に行こうとひとりで城を抜けだして道に迷って、角の生えた大きな白い獣に会った。城のつづれ織りにあった獣に似ていて、これが一角獣なんだと思った。だから朝になって城に戻っていたとき、一角獣が送ってくれたと話したんだ」

それが間違いだったんだが、とラースは付け加えたが、ミルテは聞いていない。

「どんな⁉　バランシェの泉に現れた一角獣と同じだった⁉」

「いや。俺が会ったのも夜だったが、昨日の一角獣よりもっとくすんだ色だった気がする。それに、雰囲気が違う。昨日の一角獣は泉に現れたときは威丈高に人間を見下して、そのくせ金鎖をかけられたあとは頭を垂れた。だがあいつは」

ラースの目もとを、やわらかな微笑がかすめた。

「――そうだな。最初から最後まで、ずっと俺と対等な目線でいた気がする」

あの夜の一角獣の印象と、ラースの言葉がぴったり一致する。

ミルテはうつむいた。目も口も頬も、顔全体がゆるみっぱなしだった。ラースの胸もとに残した手で、ぎゅっと拳を握る。力の入った肩が小刻みに震えた。

森に現れる一角獣の年齢はわからないが、彼らはそこから数十年は生きて、一角獣騎士が老いるまで行動をともにする。

カンディカレドの森で一角獣の記録が残されはじめてから、碧眼と純白の体以外の姿を持った一角獣はいない。それが十年程度のあいだに、通常の特徴と違う身体を持った希少な一角獣が二頭も、しかもカンディカレドの森以外の場所に現れるとは思えない。

「――同じだ。あなたとわたしが会ったのは、きっと同じ一角獣」

ミルテは勢いよく顔をあげた。髪が揺れて花が落ちたが、気づかなかった。

「ね、会いたいよね⁉　やっぱりあなたは、昨日の一角獣にがっかりしてたんだ。あなたが会いたい一角獣は、ほかにいたから。わたしも同じ」

「たしかに、一角獣騎士になるならあいつがいいとは思っていたけどな」

ラースの微笑は早くも消えていた。が、どこか余韻を残したやわらかな声で彼は言った。

「おまえはどうして、そんなにあの一角獣に会いたいんだ？」

「家族になれる、ってあのとき思ったから。一緒にいようって言ったのにあの子はいなくなっちゃったけど、でももう一度会えて、この世界のどこかでちゃんと元気にすごしてるんだってわかったら、本当にうれしい」

ミルテは彼から手を放した。希望一色の晴れやかな未来しか見えなかった。

「――あなたが一角獣騎士になれば、何もかもかなうよね」

「ここでか？」

その声は皮肉というより、純粋な疑問の響きを帯びている。

スノフレイの泉主のもとで一角獣騎士になるという希望はまるで見あたらない、と悪意なく指摘されて、ミルテはさすがに情けなくなった。否定できないのがさらに情けなかった。

「わ、わたしはともかく、あなたがいるから！　あなたはちゃんと修騎士になれる人で、それにもう一角獣にも会ってるもの。——そうだ、いままであの子が現れなかったのは、サクリーナが現れた一角獣をあなたの相弟子に与えると決めてたからかも」

「その仮説は都合がよすぎると思うが、三か月待つだけならいいぞ。どうせそういう約束だ」

ミルテははっとした。晴れやかなはずだった未来がにわかに陰ってきた。

自分に代替わりしたこの一年は仕方ないとしても、スノフレイの泉自体にもしばらく一角獣は現れていない。ほかの泉、特にそのころ泉主交代の時期を迎えつつあったバランシェの泉に多く現れるようになった。時期を同じくして就任した新たな聖宮長と一角獣騎士団長に、しばしば呼びつけられていた先代泉主ベルゼリアの姿を、いまもミルテはよくおぼえている。一角聖宮から帰ってきた彼女は、しばらくおそろしく不機嫌だった。

ミルテは恨みがましく眉根を寄せた。

「……なんでたったの三か月なんて言っちゃったの？」

「俺はすぐにでも国に戻るつもりだったんだ。わがまま言うな」

「そうだ、延長しよう。三か月なんて言わないで、もっとずっと長く。一角獣が現れるまでってことで。あなたの国の人だって文句は言わないだろうし」

「俺の国はともかく、バランシェからいろいろ言われるぞ。一度期限を切った我慢の延長なんて、簡単にできるもんじゃない。まあむこうにまた一角獣が現れてくれれば、こっちのことは忘れて放っておいてくれるかもしれないが、望み薄だな」

一角聖宮での〈盟約〉の儀式失敗に加え、自身の計画もだいなしにされたサクリーナは、さすがに当分は平静な気持ちになれないだろう。バランシェの泉と泉主がその名高い清らかさを取り戻すには、しばらく時間が必要になりそうだった。

ミルテの落胆に追い打ちをかけるように、ラースはさらに言った。

「それにあいつは、おまえのときも俺のときも、カンディカレドの森の泉じゃない場所に現れたんだ。いまどこにいるかは知らないが、この森じゃない可能性が高い」

「……うん。わたしもいろいろ調べてみたけど、一角獣騎士と一緒じゃない一角獣が森じゃない場所にいたなんて、例がなかった」

「だろうな。だからここの先代泉主も、子供のころ一角獣に会った話はほかで言うなと言ったんだろう。俺もカンディカレドの森では一角獣に会ったと言うなと、守り役に忠告された。夢を信じこんだ狂信者か、病的なうそつきだと思われるだけだから、ということだった」

「でも夢じゃないし、うそでもないよ。わたしたち、本当に会ったよね」

ミルテは、ため息とともにつぶやいた。

「なんで一角獣に会えたんだろう……?」

「さあな」

「あの子だけ騎士より子供が好きとか？　でもそれなら、もう会えないってことになる……」

一度おもいきり喜んだあとの失望は、より大きく深かった。ミルテはうつむいた。

「まあおまえはこれからもスノフレイの泉にいるんだから、この先いくらでもあれこれ試す時間はある。この三か月で俺が知っていることは教えていくから、それで満足してくれ」

ラースは床の花を拾って、ミルテの手に落とした。

「うっかり昼寝をしたせいで、昼食を食べてないんだ。どうせならおまえも食べるか？」

「……何？」

ミルテがそう返事をしたのは、誘ってくれたラースへの義理もある。だがそれ以上に、こんなに悲しいのにおかまいなしに空腹を訴えてきた胃のせいでもあった。そんな自分の浅ましさがみじめだったが、どんな料理か知りたいという気持ちは否定できない。

暖炉にかけた鍋の蓋(ふた)を、ラースが取った。ふわっと匂いが濃くなった。

「玉ねぎとチーズのスープ」

バランシェの泉での生活でおぼえたのだろうか。カレド諸国の定番料理だった。遠い記憶のなかの味が思いだされて、ミルテの口のなかに唾(つば)が湧いた。

それが顔に出ていたらしい。ラースの表情が笑みに近いものになる。

「いま温める」

彼は暖炉のわきの薪に手を伸ばした。

スープでいっぱいになっていた頭が、急に別のことでいっぱいになった。ミルテはびくんと体を震わせた。

「あ――ごめんなさい、わたしもお昼の分がまだ残ってたんだった！　気にしないで食べて」

階段を駆けあがる。

「まとめものも残ってるし、夕食も気にしないで。じゃあおやすみなさい！」

さすがに気が早すぎるあいさつをして、ミルテは屋根裏部屋へと逃げこんだ。

§　§　§

しばらくミルテはほとんど屋根裏部屋にこもり、最低限の用事も駆け足ですませた。ラースと顔を合わせてしまったときは手短にあいさつし、返事も待たずに階段を駆けあがった。

ラースが眠れるようになったか心配だったが、結局夢の内容を話してくれなかったということは、何か理由があるのだろう。無理に聞きだす勇気はなかったミルテは、作業に没頭した。

数日後の朝、階下の朝食がすんでラースが外に出た気配を待って、ミルテはそうっと階段を下りた。長卓に着き、ほんのり残った料理の気配に鼻をくんくんさせながら、ラースを待つ。

洗った食器を持って、ラースが帰ってきた。

「おはよう」

ラースもあいさつを返したが、すぐに眉をひそめて言い足した。

「最近、俺を避けてなかったか？」

「そんなことないよ、あなたと一角獣についていろいろ話したくて急いでただけ。これ」

ミルテは、長卓に置いた紙の束を両手で示した。先日読めた分の図書室の古書のまとめと、その考察、疑問などを書き足してある。

「まず読んでくれないかな。ただ話をしてもらうより、このほうが早いと思って」

ラースはちらっと紙の束を見たが、すぐにミルテに視線を戻した。

「こんなものを書いていたのか。部屋でちゃんと食べていたんだろうな？」

「もちろん。座りっぱなしでも、頭を使うとおなかかってすくもの」

「おまえはいつも、パンとチーズと果物くらいしか取っていかないだろうが」

「それで十分だよ。じゃああなたが読んでくれてるあいだに、わたしは人に会ってくるね」

「誰に？」

ミルテは少しためらった。

「……言わない？」

「誰に」

「そっか、そうだよね。あの、ベルゼリアに会ってこようと思って」

ラースはぎょっとした顔になった。森を離れることにした聖女は、一般に故国の実家に帰る。そして、現役のままの聖女が森を離れるという理由も選択もまずない。

「一体どこまで行く気だ!?　おまえが普通じゃないのはわかっていたが――」

「そんな遠くじゃないよ。あなただって行ったことはあるんじゃないかな。イーンの町」

カンディカレドの森近くにあるイーンの町は、もともとは一角聖宮建設時に集まった職人や商人が築いた町で、一角聖宮の支配下にありつつも一種の自由都市でもある。いまでも一角聖宮相手の商売が中心だが、豊かな実家のおかげで懐が暖かい修騎士相手の商売も盛んで、先日までここにいた修騎士も、イーンの町へは定期的に行っていた。

「あんなところに、ベルゼリアどのがいたのか……。って待て、だからって泉主がふらふら森を離れたら、さすがにたたじゃすまないんじゃないのか」

「たしかにいいことじゃないけど、もし見つかったって、一角聖宮に呼びつけられての小言くらいだと思う。泉主は泉が涸れるか自分から辞めるかしないかぎり、つづけられるから」

「……処分の可能性があるなら、やめておけ。俺が伝言なり手紙なり預かる」

「でも、自分で行ったらその場で相談ができるから。それにわたしは全然聖女らしくないし。行きと帰りの一角聖宮だけ気をつければ、きっと大丈夫」

ミルテは髪の花と金鎖を小さな袋にしまい、生成の麻の衣の帯に下げた。くすんだ緑黄色の麻布を目深に頭に結んだら、これが聖女だとは誰も思わないに違いない。

「ほら、これなら絶対気づかれない。遅くても日暮れまでには帰ってくるから」

「……俺も行こう」

「え、なんで？」

ラースは、その質問には答えなかった。

「これは帰ってから読む。おまえとベルゼリアどのとの話も聞かないから、安心しろ」

「ああ、あなたもイーンの町に行きたいんだ？　じゃあベルゼリアの店で待ちあわせようか」

ラースは微妙な顔をしたが何も言わなかったので、ミルテは自分の話をつづけた。

「広場の東の三本目の通りを入って、四つ目の角を曲がった草束の看板の薬草屋だよ。普通は聖女が町に行くことはないけど、ベルゼリアは、どうしても必要だと思ったら遠慮なく会いに来るといいって言ってくれた。わたし、いまがそのときだと思う」

一年中緑の濃いカンディカレドの森は人の気配が薄く、道の白亜の小塔を越えて森に入る者はさらにいない。少し気をつければ、一角聖宮まで誰にも見られることなくたどり着ける。

一角聖宮が見えてきたころ、ラースはなぜか携えていた篭をミルテに押しつけた。

「持っていろ。これがあれば、少しは物売りっぽく見えるかもしれない」

「あ、そっか、なるほど！　全然気が回らなかった。ありがとう」

「修騎士と連れだっていても悪目立ちする。先に行け、うしろにいるから」

ラースの忠告に、ミルテはすっかり感心した。

「あなたが来てくれて、本当によかった」

一角聖宮の広場は、今日もさまざまな人間が行き交っている。森と違って人の目は多いものの、逆に雑踏にまぎれることも難しくはない。

広場を抜けると、周囲の景色は緑に染まる平坦（へいたん）な森から灰白色の岩がごろごろ転がる斜面へと一変した。道は、ゆっくり下りながらイーンの町へとまっすぐに伸びている。

ミルテはふりむいた。うしろを歩いていたラースがとがめるように見たが、気づかない。

（わたし、本当にこの道を来たのかな）

一角聖宮という唯一の門で外界とつながるカンディカレドの森の周辺は、急峻（きゅうしゅん）な灰白色の岩山が囲んでいる。森からは森の一部に見える一角聖宮だが、いまは岩山の一部に見えた。

一角聖宮で〈盟約〉を結んだ一角獣も、この道を下って一角獣騎士の故国へと赴く。あの夜出会った一角獣は、この道を逆にたどってミルテをスノフレイの泉に運んだのだろうか。眠っているあいだのことではあったが何か思いださないかと、ミルテは一角聖宮を眺めた。

一角聖宮から戻ってきた行商人が、ミルテを追い抜こうとしてふと足を止めた。

「どうした、ねえちゃん。一角聖宮に忘れ物かい？」

いきなりざっかけない口調で話しかけられて、ミルテはびっくりした。目深に頭に巻いた麻布の下をのぞきこまれて、あわてて首を振りながら顔をそむける。

「え、あ、う、ううん」

「見ない顔だな。ここで新しく商売を始める気かい？」

朝のうちに商品を売りきったのか、行商人は機嫌がいいらしい。暇なのかもしれない。

「そんな色白の顔でいるうちは、簡単には売れちゃくれないぜ。いろいろ教えてやろうか？」

「えっ、ううん、別に」

ミルテは再び歩きだしたが、行商人はぴったりついてくる。

「イーンの町へ帰るのかい？　送ってやるよ」

「大丈夫、ひとりで行けるから。じゃあさよなら」

親切な気持ちがあるなら離れてくれと足を速めたが、行商人は離れてくれない。

「宿泊まりかい、それとも親戚がいるのかい？」

ミルテはぎゅっと眉をひそめた。なんでこんなにしつこいのか、どうしたら離れてくれるかわからない。ここは説得以外の方法しかなさそうだった。

「本当に大丈夫だから、さよなら！」

ミルテは走りだした。だが行商人は、背負った空荷を揺らしながら楽々ついてきた。

「足も白いなあ」

なれなれしい声に、ぞわっと寒気が背筋をはいのぼった。とにかく早く逃げだしたいのに、もう息が苦しくなってきた。目の前がかすんだ。ふらりとめまいまでしてきて、勝手に足が止まってしまう。なんとか膝をつかないようにするのが精一杯だった。

「おいおい、どこが大丈夫なんだ？　な、やっぱり送ってやるよ」

　息を切らしたミルテに、行商人が手を差しだしてきた。ミルテは言葉を出せないまま、懸命に首を振った。

　足もとに影がさした。

「今後も一角聖宮に出入りしたいなら、そこまでにしておけ」

　ラースの声だった。ミルテはほっとして顔をあげた。

　彼はミルテには目もくれず、行商人をにらみつけていた。

「いやがる娘を追いかけて、何をするつもりだ？」

　一目で騎士とわかるラースの出現に、行商人はいきなり、ぺこぺこしはじめた。

「あ、いや、そんな、あたしは別に何も」

「名前は？　いつから一角聖宮に来ている？」

「ご勘弁を、あたしは何もしちゃいませんよ。で、ではまたごひいきに！」

　行商人は脱兎のごとく逃げだした。

　その背をにらみつづけていたラースだが、ようやく姿が見えなくなったのか、ふうっと不機嫌そうに息をついてからゆっくりミルテに視線を移した。

「……ありがとう……」

　ミルテはどうにかお礼を言った。そこで気が抜けた。くたくたと座りこむ。

ラースのあきれたような声がした。

「またたちくらみか」

「……うん、でも大丈夫、慣れてる、すぐ治る」

「おまえにつきあっていたら、今日のうちに帰れなくなりそうだ。乗れ」

ラースが背をむけてしゃがんだ。

「ええっ!?　お、おんぶなんていいから！　目立っ――」

おもわず大声が出て、ついでにうぷっと吐気がこみあげる。

「しかたないだろうが。篭に水筒が入っている。少し飲んで、あとはつべこべ言わずに乗れ」

え、とミルテは持っていた篭の蓋をあけてみた。たしかに革水筒が入っていた。

「気がつかなかった……」

「だろうな。せめて森の外では、ぼんやりしないほうがいいぞ」

ミルテはそろそろと仰むいて、革水筒の水を口に入れた。スノフレイの泉の水のほのかな甘さがしみじみ体中にしみわたったが、まだ心臓が痛い。

「乗れ」

ラースの三度目の命令に、ミルテはもはや逆らえないことを悟った。

「……うう。ごめんなさい」

そろそろと彼の背に体をあずけると、彼はゆっくり立ちあがってくれた。

「本当にごめんなさい……なんでさっきの人、あんなにしつこかったんだろう」

ミルテはぼやいた。

「わたしがぼうっとしてて、日焼けが足りなくて、物売りに見えなかったからかな……。お金だってなさそうに見えると思うのに……。とにかく気をつける」

深く反省しながらも、別の感覚が頭の隅をかすめた。

（——この感じ）

どことなくなつかしい。

「これからはもっと家の外ですごして、日焼けしないと」

答えながら、この既視感をもっとはっきりつかまえようと目を閉じてみる。

ラースが息をついた。音よりも、彼の肩の動きでそれがわかった。

「日焼けしようがしまいが、たいした問題じゃない。そんなことより、とにかく相手に反応するな、声をかけるすきを与えるな」

目をつぶったことでさらに強まるなつかしさに思いを馳せて、ミルテは上の空で尋ねる。

「立ち止まらないようにすればいい？」

「そうだな、ただし絶対に走るな。どうせ逃げられないし、またたちくらみを起こすだけだ」

「ただ歩くだけ」

「その頭の布も、もう少し深くかぶるほうがいい」

「深くかぶる」

「とにかく顔は見せるな」

「顔を見せない――って、え、覆面するの？」

ミルテはぎょっと目をあけた。

「なんでそういうおかしな発想になるんだ、おまえは。そのままでいい」

「だよね、ああびっくりした」

あたりがやや平坦になり、灰白色の岩も減って農地が見えはじめた。人びとが見え隠れする黄色から緑色まであらゆる色がそろう畑のむこうに、イーンの町があった。

「もう歩けるから。ありがとう」

ラースはミルテを下ろすと、むきなおった。ミルテを頭から爪先（つまさき）まで一瞥（いちべつ）し、まるで頭でも痛くなったかのように顔をしかめた。はあっと息をつく。

「帰るほうが絶対に面倒がないんだが――町ではどうすればいいか、もうわかったな？」

「うん。立ち止まらないでただ歩いて、頭の布は深くかぶって、顔を見せない」

「そうだ。うつむいて、とにかくできるかぎり顔を見せるな」

言いながら、ラースはミルテの頭の麻布を引き下げた。彼の顔も見えなくなるくらい視界が狭まった。奇妙な町の心得にとまどいながらも、ミルテは素直に従った。

「必ずベルゼリアどのの店に行くから、俺が着くまでひとりで勝手に店の外に出るなよ」

ラースの忠告どおりできるだけうつむいて、ミルテは町に入った。すれ違う人びとの下半身くらいしか見えないものの、表通りの端を歩く分にはそれでもなんとかなった。だが広場ではそうも行かない。顔をあげて、慎重に横丁を数える。

二階三階と次第にせりだす高い家々にはさまれた狭い入口が、三本目の横丁だった。その奥のさらに狭い路地に、草の束を模した小さな鉄看板があった。ミルテはその下の扉を開けた。

「ベルゼリア！」

壁を埋めた薬棚と天井から吊(つる)された草木の束が、部屋をよけいに狭く、薄暗く見せている。そんななか、部屋の奥の細長い机のむこうに、ちぢれた髪を無造作にまとめた女がいた。彼女は机に頬杖(ほおづえ)をついたままミルテを見ると、にやりと唇の端を持ちあげた。

「やあ、ミルテじゃないか」

「聞いて、ベルゼリア！　わたしと同じ一角獣を見た人がいたんだ！」

ミルテはあいさつも忘れて、机に勢いよく両手をついた。

「やっぱり子供のころだったって。ちょっと怖くてつっけんどんでうそだってつくけど、でも、やさしい人。わたしを残念聖女って——まあ思ってはいるだろうけどばかにはしないで、いろんなことを教えてくれるもの」

「ほう」

笑みを濃くしたベルゼリアにむかって、ミルテはさらに身を乗りだした。

「わたし、あの人なら一角獣騎士になれると思う！　だけどあの人、スノフレイの泉にはたった三か月しかいられなくて。だからなんとかそのあいだに一角獣に会えないか、ベルゼリアに相談しに来たんだ」

「なんて修騎士なんだ？」

「もう修騎士じゃないんだけど、セフェイルの、えっと帝子。ラース――」

そこでミルテは、自分が彼の名をきちんと知らなかったことに初めて気づいた。

「……あとでここに来るって言ってたから、残りの名前は訊いてみる」

「おや、彼はいま泉じゃないのか」

「うん、今日はわたしひとりで来るつもりだったんだけど、一緒に行くって。わたしが森を抜けだしたって知られるとよくないから、目立たないよういろいろ気づかってくれて。物売りに見えるようにこの篭をくれたり、道でも離れて歩くようにして――」

その予定のはずが、結局おんぶまでされるはめになった失態の記憶がよみがえった。と同時に、突然あのときの既視感の正体がひらめいた。

（わたし、安心してたんだ――）

あの夜一角獣の背に乗せてもらったときの気持ちと同じものだと気づいた途端、急に胸がざわついた。気恥ずかしくなってきて、ミルテはあわただしく言葉を継いだ。

「だ、だから、ここを教えて、待ちあわせることに」

ベルゼリアはくっくっと笑った。ミルテの動揺を、完全に見抜いている笑い声だった。

「一角獣の話はさんざん聞いたが、人間の話をおまえからこんなに聞くなんて初めてだ。その彼とは、さぞたくさん話したんだろうね」

ますます動揺がひどくなる。そしてベルゼリアの意見を否定したくなる。

「そっ、そんなことないよ？　まだ泉に来たばかりだし、話って言ったら、ベルゼリアの修騎士たちとのほうがよっぽど長く話してたよ。一角獣のこととか騎士のこととか」

「大切なのは費やした時間よりも、かわした言葉の深さだよ。知識をただやりとりするだけでは、言葉をかわしたうちに入らない。おまえと相弟子きどりだったあの修騎士となんて、もしかしたらいまだに名前だっておぼえていないような間柄なんじゃないか？」

「う――はい……」

否定しようのない事実をつきつけられる。ミルテは、細い声で認める以外できなかった。

ベルゼリアが眉をひそめる。

「おまえはもう泉主だよ、ミルテ。一角獣騎士を願う修騎士を泉に迎えるのが、おまえの務めだ。なのに相手の名前すら知ろうともせずに、それで務めを果たせるわけがないだろう」

「う――はい。反省してる。それでなくてもわたしが残念聖女なんて呼ばれるような泉主だから、あの人、ずっとうんざりしてたって……最近、逆破門された」

ベルゼリアはふうっと長い息をつく。

「見込みの薄い男だとは思っていたが、そこまで増長したとはね。おまえの力不足もあるにしても、泉主が一角獣騎士にしてくれるという甘えが本人にあったままでは、誰が泉主だろうと無理だ。ほかに修騎士は来たのかな？」

「う――えっと、あの、まだ……」

「じゃあそのセフェイルの彼が、実質おまえの唯一の修騎士か」

それまで厳しい顔をしていたベルゼリアは、ミルテを見つめてまたにいっと笑った。

「だったら彼に、なんとか一角獣騎士になってもらいたいね」

ベルゼリアの言葉に、ミルテはやっと元気を取り戻す。

「うん、ラースには絶対に！」


横丁の路地に草木の束の形の看板を見つけたラースは、その下で扉のむこうをうかがう男も見つけた。着古してはいるが派手な服は、男が花街の住人であることを告げている。

「ここに何かあるのか？」

ラースが声をかけると、男は扉に張りついたまま答えた。

「いや何ね、きれいな子がこの店に入ってくのを見てね。あの子なら、うちの店で磨けば」

ラースはぴくりと眉を動かした。あれほど注意したというのに、どうやらミルテはまた無防備に歩いていていたらしい。

ミルテ自身も加えたすべての者が、彼女をただ残念聖女としてしか見ない森ならそれでもいい。だがそんな偏見を持たない森の外の者が見れば、ミルテはほっそりと繊細な顔立ちが人目を惹く娘だった。そのうえどこかおぼつかない雰囲気で、実際に町には不慣れときては、たちの悪い男に目をつけられる要素しかない。

「あいつをおまえの店にやることはない。去れ」

「ああ？　いったい何様――」

威嚇するようにふりむいた男だが、相手が不機嫌まるだしの騎士だと知ってさっと顔色を変えた。決まり悪げに、それでも舌打ちをしながら足早に姿を消した。

「まったく……」

他人の目に自分がどう映るのかまるでわかっていないミルテの危なっかしさを見かねて、こうしてついてくることにしたのだが、やはり正解だったようだった。ラースは扉を開けた。

奥の机のところにいたミルテがふりむいた。そのむこうに、三十歳くらいの大振りな美女がいた。濃い眉、黒々とした目、高い鼻、厚い唇。外見そのものはほとんどミルテと似ているところがないのに、彼女たちにはふしぎと同じ一族のような雰囲気がある。

「あなたがベルゼリアどのか」

スノフレイの先代泉主ベルゼリアは、一角獣騎士を育てることに長けた賢い泉主と言われていたが、ラースが森に来たころには落ち目だと言う者も増えていた。

「ああ。はじめまして、になるね」

ベルゼリアは、猫のようににいっと唇の端を持ちあげた。

「あの、ごめんなさい、あなたの名前をまだ聞いてなかった。ラース、なんて言うの？」

いまさら名前を聞くことがうしろめたいのか、ミルテが目をそらせながら尋ねてくる。

「ラースだけでいい」

巧帝子(ロー・イシュニル)という帝子として与えられた名は、どうせ国に戻れば剥奪(はくだつ)される。はったりを利かせる必要がないのなら、まったく名乗りたくなかった。

「はじめまして、ベルゼリアどの。セフェイル出身のラースという。スノフレイの泉に、三か月だけ世話になる」

あいさつをすると、ベルゼリアの笑みが濃くなった。

「おまえのことは知っているよ、バランシェの泉の修騎士ラース・ロー・イシュニル」

知ってたんだ、とミルテが恨みがましく彼女を見た。ベルゼリアは知らんぷりをした。

「どうしてスノフレイの泉の修騎士になったのかな？」

「修騎士になったわけじゃない。あなたの後継者がツァサの古書について知りたいと言うから、国に帰る前に三か月だけ教えることにしただけだ。――それより」

ラースは視線で外を示した。

「森からここに来るだけで、ふたりも男がひっかかった。もう少しどうにかならないか？」

「なるほどね。ちょっとここで待っていてもらおうか。――ミルテ、おいで」

彼女は長身を立ちあがらせると、ミルテを招いた。ふたりは店の奥にひっこんだ。

ラースはあたりを見まわした。

狭く、薄暗く、得体の知れない草木の束やら壺やら壜やらが乱雑に置かれている。薬草屋だとミルテは言っていたが、まともな薬草以外の取り扱いもありそうな店だった。町はずれの花街にもほど近い立地を考えれば、むしろそちらが本業かもしれない。

聖なる森の近くにあっても、イーンはこの世のありふれた無数の町同様に俗な町だった。修練に熱心な騎士をあてこんだ馬屋や武具屋もあるものの、色香ただよう花街もにぎわい、商人や旅人たちにまぎれて一部の修騎士たちも受け入れている。

そんな町の一商人とは、カンディカレドの森の聖女の転身としては、あまりに不釣りあいに思える。だが、あの見るからに肝の据わった女傑にはふさわしくも思える。聖なる泉を守る泉主も怪しい薬草屋の店主も、彼女にかかってはたいした差違はないのかもしれない。

奥からベルゼリアが戻ってきて、また机に着いた。ミルテはいなかった。彼女にすばやく目をむけたラースに、にやりと笑いかける。

「おやおや、怖い目だね。金色の炎みたいだ」

「そんな特別に色は薄くない。奥で何を？」

「ああ、着替えと、あとは一角獣のうわさをまとめた覚え書きをね」

ミルテが必ず食いつく餌だった。いまごろは、何もかも忘れて食い入るように文字を追っているに違いない。ラースはため息をついた。

「夜までには森に帰っておくほうがいいと思うんだがな」

するとベルゼリアはくっくっと笑った。

「たしかにおまえは、心配性のようだ」

「は?」

「ミルテがそう言っていたんだよ。怖くてつっけんどんでうそつきだがやさしい、とね。ここへの送り迎えを申し出たのも、あの子がひとりいつもの調子で出歩いたら危ないと、心配性を発揮したからなんだろう?」

あの子はおまえの心配をまったくわかってないがね、と彼女は楽しそうに言い添えた。

「あいつはそうだろうが、あなたには危なっかしさはわかっていたはずだ。それなのに自分を訪ねることを勧めるとは、ずいぶんと軽率な言葉を残したな」

ラースが言い返すと、ベルゼリアの表情が一瞬で変わった。慈愛に満ちながらも厳しいそれは、まぎれもなく師の顔だった。

「あの子の選択と行動を禁じるなんて、わたしはしない。ミルテは、自分で自分に責任を取って、そこから学んでいける子だからね。できることならあの子の望みどおり、修騎士にしてやりたかった。あの子なら、きっといつか一角獣騎士になっただろうに」

彼女の雰囲気に気圧（けお）されそうになりながらも、ラースは表には出さずに耐えた。

「無理だな。あんな華奢（きゃしゃ）な体質では、女騎士は務まらない」

「おまえのような騎士から見れば、ミルテはたしかに頼りないだろうがね。だからといって、誰かにすべて守ってもらって、自分は何もせずすごそうとする子ではないよ」

ベルゼリアの表情が戻った。またにんまりとした笑みが浮かぶ。

「ということで、あの子に嫌われたくないなら、甘やかすのはほどほどにするんだね」

なぜかたじろぎかけた自分を打ち消して、ラースはじろりと彼女をにらみかえした。

「別に甘やかしじゃない。子供が池に落ちかけたら、考えるまでもなく助けるのが当然だろうが。——それより、どうしてあいつを覚え書きで釣って遠ざけた？」

ベルゼリアはますますにんまりとした。顔の横に垂れたほつれ毛を揺らして頬杖をつく。

「セフェイルの帝子は、やっぱり抜け目がないね」

「生き残るためにそうなれと、教えこまれたからな。俺になんの用だ？」

「そうやって気づきすぎの考えすぎだから、心配性になるんだよ。炎の目を持っているくせに、気が弱いことだ」

「占い師の店に来たつもりはないぞ」

「似たようなことをするつもりだよ。占いが嫌いなら、運が悪かったね」

ラースの非友好的な態度にも、ベルゼリアはまるで動じない。

「ミルテはかわいい後輩だが、おそらく騎士の資質以上に泉主の資質がないんだ。一角獣にしか興味がないからね。だがそれが初めて、人となりを語れるほど人間に興味を持った。その相手があの子の期待に足るのかどうか確かめたくなるのは、それこそ当然じゃないか」

怖いだのつっけんどんだのうそつきだの、ミルテが語ったという人となりはただの悪口にしか聞こえなかったが、それですら相当な進歩であるらしい。まったく変わった奴だ、とラースはもはや何度目かもおぼえていない感想をまた抱いた。

「なるほど。俺が三か月で一角獣騎士になれないか、一応確認しておきたいのか」

ラースは平然と、ベルゼリアの笑みの下に隠れた鋭い視線を受け止めた。

「あなたのころのスノフレイの泉が、何人も一角獣騎士を出したのは事実だからな。まあ正直なところ、いままでのあなたの言動はとても元聖女とは思えないが」

「一角聖宮でもよく怒られたよ。それでも一角獣がスノフレイの泉に現れてくれているあいだは見逃してもらえたが、現れなくなってからはね。だが昔もいまも、わたしはわたしだ」

「何を答えればいいんだ？　それともカードだの小石だのを選ぶのか？　最初にことわっておくが、俺は自分が一角獣騎士になれるとも、そもそもなりたいとも思っていないぞ」

「おやおや。騎士という人種は痩せ我慢がお好きだね」

「我慢じゃない。一角獣騎士になっても、まるでうれしくないというだけの話だ」

「というと、バランシェの泉の修騎士らしからぬその髪は、そうした意志の現れかな？」

「いや。当時は別の考えがあって、それで切った」

「よくサクリーナが認めたものだね」

「まさか。その場で破門された」

　ベルゼリアは目を丸くした。驚きではなく、おどけた顔だった。

「セフェイル帝国の帝子（ロー）が一角獣騎士になりに来て、ただなれないどころか泉主に破門されたのか。おまえ、だったら帰国しても無事ではすまないね」

　賢い泉主と言われたベルゼリアは、はるか東国の称号からその冷徹な慣習までよく知っているらしい。そうだろうな、とラースは率直に認めた。

「それで納得しているのかな？」

「俺は、国では帝子として扱われてきた。ほかの者より多くの特権も享受（きょうじゅ）してきた。その清算をする時期が来ただけのことだ」

「本当に痩せ我慢がお好きだね」

　ベルゼリアはすうっと目を細めて微笑んだ。

「おまえは、わたしを元聖女とは思えないと言ったね。では怪しい薬草屋には思えるかな？」

「いや」

　たしかに彼女は、元聖女にしては豪胆すぎる。といって、自分の利益になりさえすればどんな薬草でも――媚薬（びやく）でも堕胎（だたい）薬でも人を殺（あや）める毒薬でも売る、といった下卑た気配もはない。

「そう、それがただの人間ということだよ。ときに聖なるものに憧れ、ときに俗なもので楽しむ、聖にも俗にもなりきれない中途半端がね。だから痩せ我慢なんてやめて、中途半端を徹底すればいい。帝子の身分に未練はないんだろう？」

「そんなものに未練はないが、中途半端がいいとは俺は思わない」

「へえ、だから痩せ我慢して他人の意志に従おうとするんだね。唯々として破門され、諾々として罰を受けに帰る」

ベルゼリアは机の上に吊られた乾燥花の束に指を伸ばし、指先でもてあそんだ。

「ミルテがおまえを気にかけるわけだ。危なっかしい変わり者同士か」

「さすがに、あれと一緒にしないでもらいたいんだが」

「おまえだって、ミルテを気にかけているじゃないか。あの子が奇妙な一角獣に会ったことは、もう聞いたんだろう？　おまえも、同じ一角獣に会ったんだってね」

「よく似てはいるな」

「ミルテは自分が会った一角獣に再会したがっているが、おまえはどうなのかな？」

「もしどうしても一角獣に会わなくてはならないなら、くらいには」

「だめだね。そんな了見じゃ、おまえは一角獣騎士にはなれない」

「なりたいとは思っていないと言ったはずだ」

ベルゼリアの指が端をはじき、くるりと乾燥花の束が回る。

「おまえは森を去る前に、ミルテに会った。そして人生の最後にあの子の願いをかなえてやってもいいかと思った。どうせ自分の三か月をくれてやるなら、かびくさい古書の教えなんかより、あの子が本当に求めているものそれ自体を与えたほうが、満足は大きくないかな？」

乾燥花の花弁は、まだ白さをとどめている。よく見るとミルテが髪につける花に似ていた。

ずっと願いつづけている一角獣との再会をはたしたとき、彼女は笑うのだろうか、それとも泣くのだろうか――ふっとそんな疑問が脳裡をかすめて、ラースはあわてて追いはらった。

「そこまでする気は」

「あの子はね」

ふたりの声がぶつかった。おもわず口をつぐんだのは、ラースのほうだった。

「不幸な事故で両親を失った夜に、その一角獣に会ったんだ。まだ子供で、世界は家とその近所だけで、自分たちが住んでいた通りの名前はなんとかおぼえていても、街の名前も、国の名前だって知らなかった。あの子は家族と同時に、自分の故郷もなくしたんだ」

ラースは今度こそ絶句した。ミルテが、一角獣と会ったときひとりで夜の丘にいたと言っていた理由を、無意識に迷子と決めつけていた自分の鈍さにあきれはてた。

「だから一角獣に執着するんだろうね。失った幸せな過去とつながる、唯一の存在だから」

ラースは唇を噛んだ。彼女は両親がいなくなったとも、悪夢がつづいて眠れなくなったとも話していた。だというのに残念聖女ぶりにばかり目が行って、彼女の過去に気づけなかった。

同じように悪夢にうなされた自分を心配するあまり、修騎士をさしおいて一角獣に選ばれるという秘密の夢物語まで告白してきた、真っ赤な顔のミルテを思いだす。

彼女の心には傷があって、だから彼女はそれをふさごうと懸命になっている――傍目にはその行為が、一角獣に夢中な残念聖女としか映らなくても。

ベルゼリアがまたにいっと笑う。

「おまえたちがスノフレイの泉にそろったら何かが起こりそうで、わたしとしても楽しみだよ。どうすごしても三か月なんだ、だったら本物の一角獣に会おうとするほうが楽しいだろう」

「……会えるかもと期待をさせて裏切るのは、残酷だと思うがな」

「本っ当に心配性で気弱だね、おまえは。成功しないかもしれないことなら、始めないほうがましというわけか。それを臆病というんだよ」

自分の弱さをずけずけと指摘されて、ラースはさすがにいらだった。

「何度も言っているが、俺は一角獣騎士になりたいとは思わない！　そんな奴は一角獣騎士になれないと、あなただって言っただろうが」

「だがおまえだって、最初は一角獣騎士を志した。だからこそ、この森に来たはずだ」

「気持ちが変わることなんて、いくらでもある」

「なるほど。つまりあの森で何かを知ったね？　――実は、わたしも同じなんだよ」

自分を釣るための餌だ――そう思いつつも、ラースは興味を隠せなかった。

「……知ったって、何をだ？」

「泉主を辞めるしばらく前から、どこか森の空気が変わってきた気がしてね。聖宮長たちにも言ってみたが、一角獣から見放された泉主の妄言だと一蹴された。スノフレイの泉に一角獣が現れなくなったのは事実だったし、森全体で見ればむしろ一角獣の出現数は増えていた。聖宮長たちから見れば問題どころか、万事順調だったからね」

「だが、あなたは違うと？」

「変わってゆくことは必要だ。そうしなければ空気がよどむ。だが、変わってはいけない部分もある。おまえには悪いが、バランシェの泉は変わってはいけないことを変えてしまった一因に思えた。サクリーナや、彼女が選ぶ修騎士の面々――おまえも含めて、立派すぎる」

ラースは冷笑した。

「立派とは、まったく思えないがな」

「もちろんわたしは、内実は知らないよ。だが一見すればバランシェの泉は、正しき一角獣を従えられるのは清らかな聖女と強き騎士という、カンディカレドの森の理想像そのものだ。実際そこに多くの一角獣が現れるようになって、こうでなくてはならないという思いこみを聖宮長たちに植えつけた気がする。聖女も騎士も根は中途半端な人間だと認めるなんて間違っている、とね。だがわたしは、そんな唯一のおきれいな正解なんて気にくわなかったんだ」

ベルゼリアは心底楽しげに、両手を広げて、自分の店を示した。

「ごちゃついたものがいろいろあるという世界が大好きなんだよ、わたしは」

ラースはつい、つられて目もとをゆるめた。

「だろうな。ベルゼリアどのも、よくよくの変わり者のようだ」

「スノフレイの泉には、きっと変わり者が集まるんだろう。おまえも三か月とはいえスノフレイの一員だ。だから、ミルテと一緒にバランシェとは違うやり方を試してみないか？」

ラースが答えるより早く、ベルゼリアは背後をふりかえった。

「——ミルテ！　そろそろ読み終わっただろう」

はーい、と遠く返事が聞こえて、ミルテが戻ってきた。両眼をきらきらさせて、胸に大事そうに冊子を抱きしめている。

「ベルゼリア、これ借りてもいい？」

ラースはあっけにとられた。青い腰丈のマント、そして脚衣。豊かな髪は帽子に押しこめて、ミルテはまだ森に来たばかりの少年騎士のような姿になっていた。

「服と一緒に持っていくといい。返さなくていいよ」

「ありがとう！」

ミルテは満面の笑みで礼を言うと、表情を戻してラースにむいた。

「ベルゼリアと、何を話してたの？」

横からベルゼリアが答える。

「いろいろね。帰ったらおまえの初めての修騎士と、一角獣騎士をめざすといい」

「うん、頑張る」

俺は修騎士じゃない、というラースの抗議は、ミルテのいくらか緊張した声にかき消された。その程度の声でしかなかった。

しかも、ベルゼリアがすぐさま話を変えてくる。

「さてミルテ、せっかく訪ねてくれたんだから、何か食べていかないか？　出せるのは、パセリと蕪のスープと挽肉のパイ、玉子入りのミルク粥、りんごのケーキというところだね」

「え、いいの⁉　ありがとう」

「ちょっとここで、店番がてら待っておいで」

ベルゼリアは奥へひっこんだ。

残されたラースは、さりげなくミルテをうかがった。

彼女は満ち足りた微笑を浮かべて、ベルゼリアにもらった冊子をめくっていた。聖宮長に知れたら小言が叱責になりそうな男装をしていることなど、すっかり忘れているらしかった。

自分にまるでかまわず一角獣を追い求めるその姿が、彼女の事情を知ったいまは、残念聖女どころか、悲しみですら濁らせることのできない純粋さの現れのように思える。

「――おもしろい話があったのか？」

声をかけると、ミルテは軽く驚いたように顔をあげた。

「あ、うん。でも一角獣より、一角獣騎士の話のほうが多くて。どこの誰が一角獣騎士になったたとか、どこの国が一角獣騎士を国境隊の隊長にしただとか」

「まあ自国の一角獣騎士がどれだけいるかが、国威の目安だからな」

「え、そうなんだ!?」

カンディカレドの森で一角獣騎士になった者は、故国へ帰って要職に就く。だからかえって森の聖女は、世間での一角獣騎士について知らないものなのかもしれない。

「そういうことになっている。だから一角獣騎士だけで一隊が組めるブラネーシュの騎士はリシャルのような性格で、次点のグインヴィートの騎士は負けまいとむきになる傾向がある。セフェイルがカレド諸国から見くだされるのも、一角獣騎士が少ないことが一番の原因だ」

「へえ……教えてくれてありがとう。初めて知った」

ミルテは目を伏せ、眉をひそめた。ぽつりとつぶやく。

「昔、姫と騎士たちが最初に一角獣に会ったときは、そんなことなんてなかったと思うけど」

ぎりぎり口からこぼれた程度のひとりごとだったが、ラースは聞き逃さなかった。

「そうかもな」

やがて、ベルゼリアがふたりを呼ぶ声がした。

§　§　§

食堂兼居間の長卓をはさんでラースから学ぶうちに、あっという間に半月が経った。ミルテの覚え書きは日に日に厚くなった。

「ええとだから、ツァサ亡国内でも一角獣騎士をどれだけ出すかが家の名誉になってきて、王や貴族たちが競うようにカンディカレドの森へ子弟を送るようになった。でもそうなってからのほうが、一角獣騎士が出なくなった、と……」

その日の覚え書きを書いていたミルテの手もとが、薄暗くなってきた。あけはなした窓から入る風も、冷たさを増している。顔をあげて外を見ると、森の上に雲が分厚く広がっていた。

「一般的な説ではな。――もう暗くなってきたな。灯を入れるか」

ラースが席を立ったので、ミルテは急いで、ばたばたと筆記用具を片づけた。

「うん、そうだね、でも講義はこれで終わりにしよう、今日もずっと教えてもらっちゃってたから。じゃあわたしはこれで、ありがとう、おやすみなさい」

ミルテはラースの返事を待たず、階段を駆けあがった。

ふう、と息をついて、今日の分を読み返そうとしてみたが、屋根裏部屋は刻一刻と暗くなって、文字はどんどん読みづらくなってくる。ミルテはあきらめた。そうでなくても、考えねばならないことがある。ミルテはベッドに横たわった。

（どうしたら、ラースを一角獣騎士にできるかな）

イーンの町から帰って以降のミルテの日々は、判で捺したように変わらない。

朝、荷物を受け取り食料を分け、午前中はそれぞれの雑用をすませる。朝食とまったく同じ昼食を屋根裏部屋でとったあと、階下のラースが片づけ終わったところを見はからって階段を下り、外が暗くなって灯が必要になる直前までラースから講義を受ける。

その合間合間に、ミルテは彼に滞在期間の延長をうながした。そして、そのたびに無理だと指摘され、その上でそっけなくことわられた。

そんなことをしているうちに、もう貴重な一か月がすぎようとしている。

残りは二か月――ミルテはごろりとうつ伏せて、枕に顔をうずめた。

バランシェの泉の修騎士だったとき、ラースはいずれ間違いなく一角獣騎士になる逸材と思われていた。サクリーナに破門されたとはいえ、彼自身の資質は何も変わらない。

(……やっぱり、問題はわたしだよね)

大きなため息が枕に消える。ベルゼリアには頑張ると言ったものの、具体的にどうすればいいのかはいまだにわからない。ラースのおかげで、ツァサ亡国の古書にも歴史にも詳しくなった。だが、それで一角獣が来てくれるかとなると、自信はまるでない。

午前中の自分の時間に、ミルテはこれまでの覚え書きをひっくりかえして読んでみた。一角聖宮の教えまで思いだしてみた。だが、どれも泉主は清らかにあるべしという決まり文句をくりかえすだけで、一角獣はこれをすれば現れるという具体的な回答は見つからなかった。

ミルテはがばと体を起こし、窓辺に行って泉を見た。

水面の上に木々が張りだすスノフレイの泉は、すでに暗く沈んでいる。

「……ここの泉主はかろうじて合格、って一角獣が思ってくれないかな」

ミルテはぎゅっと目をつぶって泉に願うと、窓を閉めてベッドに戻った。


夜のうちに雲は薄らいで、翌朝は晴れた。

ミルテは早朝から起きだして、薄白絹の長衣に着替え身仕度も完璧に整えて外に出てみたが、やはり一角獣はいなかった。あきらめ悪く泉のほとりにしゃがみこんで、ミルテは頬杖をついて待ってみた。もちろん、一角獣が気を変えて現れてくれることはなかった。

そのうち、小牛のベルの音が聞こえてきた。ミルテはため息をついて泉を離れた。

「おはよう――ええと、その人は？」

いつもの配達担当の見習い聖女の横に、鼻梁を横切る傷痕を持つ面長の青年がいる。

ここまでの道のりの雰囲気がうかがえる明るい笑顔で、見習い聖女は青年を紹介した。

「はい、修騎士ラース・ロー・イシュニルさまへ、セフェイル帝国からお客さまです」

ラースの故国からの使者という青年は、ていねいな仕草で礼をした。

「はじめまして、スノフレイの泉主ミルテさま。セフェイル帝国騎士エイツェグの息子、ハーロンサズ・ケットと申します。カレド語の敬語はまだ勉強中でして、失礼ご容赦ください」

年齢は二十五、六歳。腰の剣と短刀、ひきしまった体躯は見るからに騎士らしい。やや癖のある薄茶色の短髪が、人のよさそうな顔立ちの印象を強めている。ひかえめな刺繍が飾る簡素な肘丈袖の外衣を着て、革長靴はきれいに磨いていたが、長旅の気配が残っていた。

「いやあ、驚きました。一角聖宮でラースさまへの面会をお願いしたのですが、バランシェの泉にはもういないと言われて。どうしようかと思いましたけど、でもスノフレイの泉に移ったと教えていただけて、本当に助かりました」

言葉づかいは多少くだけているかもしれないが、印象どおりのおっとりした口調は耳に心地よい。それに、ぴしりとした姿勢は十分に泉主への敬意を示している。

「——ハーロンサズ!?」

背後でラースの声がした。

「ご無沙汰しております、ラース・ロー・イシュニルさま。お元気そうで何よりです」

ラースは足早に駆けつけると、苦々しげに青年を見た。

「あいさつはいい。何かあったのか？　次の訪問予定は半年先だったはずだ」

「ええ、そうなんですけど、父がご機嫌をうかがってこいと言いまして。せっかくですので、いろいろと持ってまいりました。——ああ、すみません、どうもありがとうございます」

機敏に荷下ろしを手伝おうとした見習い聖女に、彼は自然な態度でていねいに礼を言った。見習い聖女はすっかり彼になついた様子で、うれしそうに荷下ろしを手伝っている。

たしかに、荷車にはいつもよりも多くの荷物が載っている。ミルテも手を貸した。

「あああ、いやいや、そんな、泉主さまが」

「気にしないで、わたしはいつもやってるから」

あわてるハーロンサズに、ミルテは笑った。見習い聖女も口を添える。

「そうなんですよ。ミルテさまは、いつもこうして手伝ってくださるんです」

「ええ？　そうなんですか？　いろいろな泉主さまがいらっしゃるんですねえ」

ぶすっと無言のラースも加わり、荷下ろしはあっという間に終わった。ハーロンサズは見習い聖女に案内の礼を言い、彼女は一角聖宮へ帰っていった。

眉間にしわを作っていたラースが、ふとこちらを見た気配を感じた。彼から何か言われる前に、ミルテはさっとハーロンサズの隣に逃げた。

「こんなにたくさん、運ぶの大変だったんじゃない？」

ハーロンサズはおっとりと答えた。

「私ひとりでしたら大変でしたけど、もちろん違いますよ。一角聖宮の広場に、国から一緒の従士や従僕たちを待たせていまして。せっかくここまで来たんですし、彼らにも一角獣の森を見せてやりたかったんですが、残念ながら外部の者の森への立ち入りはひとりきりですから。一角獣騎士の地図で我慢してもらっています」

部下たちへの言葉にも、おもいやりがあふれている。

「織物や香料などもありますので、ミルテさまもお気に召しましたらお納めください」

そこへぶすっとしたままのラースが来た。

「ハーロンサズ、ここはバランシェではなくスノフレイの泉だ。こちらの泉主さまは、そうした物には興味を持たれない」

いきなり変わった言葉づかいに、ミルテは目を丸くしてラースを見やった。

「はあ、そこも違うんですか。何か、お気に召す物があればいいんですけど」

驚くハーロンサズからすぐにミルテに移った金朱の両眼が、よけいなことは言うなと告げてくる。どうやらスノフレイの泉の修騎士ではないことも、ここにはあと二か月と少ししかいないことも、故国の使者には知られたくないらしい。

「とりあえず、運ぼう」

ミルテはラースの意図には気づかないふりをして、荷物を持った。

荷物はいつもの三倍はあったが、三人で往復すればすぐだった。その間もミルテはさりげなくハーロンサズから離れず、自分に注意する機会をラースに与えないようにした。

(せっかくラースを知ってそうな人が来たんだもの)

よけいなことは言わない、つまり何も訊かないなどと約束するわけにはいかない。

長卓が、いつもの食料のほかにセフェイル帝国の品々であふれかえる。各種の織物や服、なめし革、香料や香油の壜、薬にも調味料にもなる香辛料の小壺。

「セフェイル料理もお持ちしたかったんですけども、さすがに難しいですからねえ。ミルテさまは、どのような物がお好きでしたか？」

「ありがとう、でも気持ちだけで。わたしのことは気にしないで」

ラースと目を合わせないようにしながら、ミルテは、例によってパンとチーズと、今日はいくつか入っていた果物を籠に入れていく。ハーロンサズはめざとくそれを見ていたらしい。

「果物がお好きなんですか？　でしたら、ええと――ああ、ありましたありました」

彼は小壺のひとつをあけて、紫色の干し果物を出した。

「干すももです。こちらも、よろしければ」

「わ、ありがとう、じゃあいただきます。セフェイル帝国ではたくさん採れるの？」

「はい、よく食べますよ。果物スープにもしますし」

「え、何それ？」

「砂糖と香辛料とで果物を煮て、牛乳をあわせて、クリームを添えるんです」

「うあ、おいしそう……」

未知の、だがさっぱりとした甘酸っぱい美味が容易に想像できて、ミルテはうっとりした。

「はい、おいしいですよ。ここでお作りできればいいんですけど、ちょっと牛乳が」

「ううん、これで十分。ありがとう。ところで、あなたは家臣なの？」

ハーロンサズはあせった様子で、改めて名乗った。

「あああ、失礼しました、先ほど名乗り忘れてしまいました。わが父エイツェグは、ラース・ロー・イシュニルさまの守り役でして、父子でずっとお仕えしております」

「じゃあ、昔からのつきあいなんだ」

「はい。そうですねえ、かれこれ十五年ほどになりますか」

　ラースが割って入る。

「ちょっと待て、よけいなことを——言うな、ハーロンサズ」

　本当はそれが自分への警告であることは重々承知しながら、ミルテはすまし顔で注意した。

「はるばる訪ねてきてくれた人に、そんな言い方はないと思う。わたしも泉主として、あなたの話を聞けたらうれしいし」

　ハーロンサズにここの修騎士と思わせたいなら、ラースはミルテと言い争うことはできない。しぶしぶ口をつぐんだ彼に、ミルテはこっそりほくそ笑む。が、彼はあきらめていなかった。

「ですが、ハーロンサズが予定を変更して訪ねてきたからには、相応の理由があるはずです。まずは、彼からそれをうかがってもよろしいでしょうか？」

　言葉はともかく表情からすると、もういつものように上に行くころだろうと言っている。そうしないつもりなら対処させてもらうとばかりに、すぐにラースは言葉をつづける。

「もしここをお使いなのでしたら、失礼して、彼と自室に下がらせていただきます」

「いえ、申し訳ないんですけど、本当にただのご機嫌うかがいでして」

ハーロンサズが、本人は自覚のないまま鋭い横槍を入れた。

「ラース・ロー・イシュニルさまがスノフレイの泉に移られたのでしたら、むしろミルテさまも同席していただければありがたいです。父もくわしく知りたがることと思いますので」

ラースは、一瞬また眉間にしわを寄せてきつく目を閉じた。たぶんそうしなければ、ハーロンサズをにらんでいたのだろう。

ミルテはにこりとした。

「うん、もちろん。わたしは、何を話せばいいかな？　なんでも訊いて。いつ泉を移ったのかとか、どうしてそうしたかとか」

「ちょっと待――お待ちください」

ラースが低い声で止めてくる。

「ハーロンサズ、そのあたりの事情はおまえの口を通すよりも、直接手紙を書いてエイツェグに説明する。泉主さまにお手間を取らせるな」

やった、とミルテは内心飛びあがった。おもわず喜びが声に出る。

「じゃああなたが手紙を書いているあいだ、わたしは泉を案内してくるね！」

ミルテは篭を腕にかけてさっと扉に駆けより、ハーロンサズを手招いた。

「ええ、いいんですか？　泉主さま自ら案内していただけるなんて、光栄です」

「いや、手紙なんてあとで――」

急いで押しとどめようとするラースに、ミルテはなるべく泉主らしい顔を作って言った。

「だめ、必要なことはまず先にすませないと。それとも、わたしから説明する?」

ラースの口の端がひきつって返事が遅れたそのすきに、ミルテはハーロンサズを連れて外に出た。セフェイルの騎士はにこにこしていた。

「いやあ、よかったです。ラース・ロー・イシュニルさまが、こちらに移って」

「え?」

「幾度かバランシェの泉へお訪ねしたこともあるんですけど、あのころより随分とお顔が明るくなりました。昔のあの方に戻られたようで、それがうれしいです」

ミルテの目には、ラースはずっとぶすっとしていたように見えたが、彼には違うように見えていたらしい。

「このスノフレイの泉でしたら、あの方はきっと一角獣騎士になれます。なれないはずがありません。——ここでは、どのあたりに一角獣が現れるんでしょう?」

「あ、うん、こっちに」

ミルテは、ベルゼリアが泉主だったころ一角獣が現れた草地へ彼を案内した。

「ここですか——」

ハーロンサズはうやうやしく片膝をつき、かつて一角獣が踏んだ場所にそっと手を置いた。

ミルテははっとした。

視線を伏せたハーロンサズの顔は、それまでの印象を一変させるほど張りつめていた。

まばたきを忘れた目は一見自分の手を見ているようで、別の何かを見つめている。その顔にあるのは純粋な好奇心や感動などではなく、もっと複雑な万感の思いだった。どんなに近づいても決して手が届くことのない、あきらめたものを眺める目だった。

「──あなたも、一角獣騎士になりたかったの？」

ミルテはとっさに尋ねていた。

ハーロンサズは顔をあげた。すると、もう人のよさそうな笑顔が戻っていた。立ちあがる。

「それはもちろんそうですよ。騎士のなかの騎士という栄誉ですからね。祖父が一角獣騎士でしたし、父も当時脚を折っていなければこの森に派遣されていたはずですし、私も憧れたものです。一角獣騎士になればカレド諸国にも認められて、国のためにもなりますしね」

「うん、ラースからもそう教わった。でもだからって、帝子や騎士を一度にたくさん送るわけにもいかないって」

「はい。東の国境は常に……と戦っていますからねえ」

相手の名もハーロンサズは口にしたが、東方語の発音らしくミルテには聞き取れなかった。

「まだ帝子でなかったころのラースさまも、少年の身で前線に出たこともありますし、その後帝子に選ばれて後方に下げられたときには、父も私も心からほっとしました。しかも授けられたのが、一角獣騎士をめざす任でしたからね。前線と違って、命の危険はありません」

彼が相変わらずおっとりと話すせいで、かえって怖くなる。彼の鼻梁の傷痕も急に生々しく感じられてくる。こんなところにまで傷を負うくらいなのだから、ハーロンサズも一度は死線をくぐったことがあるのだろう。服で見えない体にも、まだ傷痕が隠れているかもしれない。

ミルテは胸もとに手を置いた。想像もしていなかった話に動揺する心臓を静めたかった。

「もし――もしも、だけど。ラースが一角獣騎士になれなかったら、また前線に戻るの？」

「ラース・ロー・イシュニルさまは、絶対に一角獣騎士になりますよ」

「う、うん。でも、もし、ってこと」

ハーロンサズの顔から微笑が消えた。消したのではなく、おそらく自分でも意識しないうちに消えた結果の、硬い真顔だった。

「……その場合は、囲いの城です」

でもありえませんよ、とすぐに苦笑して首を振った彼に、ミルテはさらに訊いた。

「囲いの城って、どんなところ？」

「いやあ、あの方があんなところへ行くなんて、ありえないことですから。あまり考えないほうがいいですよ。気持ちが暗くなっちゃいますからね」

つまりハーロンサズ自身が考えたくないくらい、不吉な場所ということだった。

心臓は少しも静まってはくれなかった。それどころかますます動悸が増してくる。気を抜いた途端にふらつきそうで、ミルテはそうなる前にさりげなくしゃがみこんだ。

「ミルテさま、ラース・ロー・イシュニルさまを――いえ、ラースさまをどうぞよろしくお願いいたします」

ハーロンサズの真摯な声が、自分の鼓動でかき消されそうに遠い。

「ラースさまは小さいころからきかん気が強くて、私も子供だったころは手を焼きました。ですが、心根はとてもやさしい方です。あの方が一角獣騎士になるのでしたら、私もなんの迷いもありません。ですからどうか、一角獣をあの方にお与えください」

「う、うん」

いよいよ手が震えてきた。隠すために、ミルテは腕を組むように抱えこんだ。

（わたしだって、できるならとっくにそうしてる――）

木漏れ日にきらめく水面ですら白くかすんで、役に立たない目に涙がにじんできそうだった。とにかく何か食べなければ倒れるという一心で、ミルテは篭をまさぐり、手に触れた物を無理やり口に押しこんだ。弾力のある歯ごたえとともに、甘酸っぱさがじんわり体にしみていく。

（……干すももだ）

ミルテはぼんやり思った。

「私のような者にまで親切にしていただいて、本当にありがとうございます、ミルテさま。泉主さまとこうして、カンディカレドの森で泉を眺めることができるなんて、なんだか」

ハーロンサズの声が途切れた。その一瞬のうちに、彼は別の言葉を探したらしかった。

「いやあ、騎士なら誰もが夢見る幸運ですからね。私は、運のいい騎士です」

その言葉は完全なうそではないのだろうが、たぶん真実でもないのだろう。おそらく彼はいま、騎士全般ではなく彼個人の夢を口走りかけたのだろう。

（この人は本気で、一角獣騎士になりたかったんだ）

ミルテも同じ夢を見た。だからこそ、ハーロンサズのあきらめた夢がわかった。その夢がかなう幻想にわずかながら近づいたこの瞬間を、彼はいま大事な思い出として胸の奥にしまいこんだに違いない——それだけで満足する覚悟とともに。

ラースが外に飛びだしてきた。すぐに泉のほとりのふたりを見つけ、足早にやってくる。

「——手紙を書き終わりました」

何を訊いたのか見抜こうとするかのようなラースの視線から、ミルテは目をそらせた。

「じゃあ積もる話もあるだろうし、ふたりでごゆっくり。わたしは外にいるね」

日が傾くまで、ラースとハーロンサズはいろいろ語りあっていたようだった。窓から漏れる笑い声を、外にいたミルテも何度か聞いた。

やがて時間が来て一角聖宮へ戻るハーロンサズを、ミルテはラースとともに送った。

ミルテの見送りに恐縮していたハーロンサズだが、広場に着くとおそるおそる口にした。

「あのう、もしご迷惑でなければなんですけど」

彼の願いを、ミルテは快諾した。ハーロンサズは喜んで部下たちを呼んだ。

ラースと旧知だという彼らはうやうやしく片膝をついて彼にあいさつしたあと、素直な憧憬のまなざしをミルテにむけてきた。ミルテは聖女らしく見えそうな笑顔を懸命に作った。

ふりかえりつつ、彼らはイーンの町へと帰っていった。ミルテとラースも帰路に就いた。


日没が近い森の道に入ると同時に、口をひらいたのはミルテだった。

「——囲いの城って?」

ラースは小さく舌打ちをした。

「案の定だ。ろくでもないことを聞きだしたな」

ミルテはかまわず、知りたいことを重ねて尋ねた。

「どんな城?」

「前も話したぞ。閑職が待っている城だ」

「ハーロンサズの話だと、そうじゃなかった。だから、あなたの口から説明を聞きたい」

「二度と訊かない約束だったはずだぞ」

「でもあのときの説明は、本当のことじゃなかったよね?」

ミルテは真剣にラースの横顔を見つめた。

「お願い、本当のことを教えて。あなたがそうしてくれるまで、わたし、ずっとあなたにくっついて訊きつづけるから」

ラースは髪をかきあげた。それからいまいましげに鋭い息をついた。

「おまえだったらやりかねないと思わせられるから、困る。泉主が脅迫していいのか？」

「それであなたに話してもらえるなら、なんだってする」

「——だったら話してやる」

ラースは、ミルテをにらむようにきつく見た。

「囲いの城は、授けられた任を達成できなかった帝子が死ぬまで住む城だ。そこにいるかぎり暮らしは保証されるから、おまえが心配することは何もない」

いまにも燃えあがりそうな炎を思わせる両眼を、ミルテは必死で見つめ返した。

「それって、閑職じゃなくて飼い殺しってことだよね。どうしてそれでいいと思うの？　ハーロンサズもあの人の部下たちも、みんなあなたが一角獣騎士になることを願ってるのに」

「だからだ。——もうこの件は訊くな」

以前のミルテであれば、ここで引き下がっていたに違いない。話したくない理由があることを無理強いすることはできない、と自分に言い訳していたことだろう。だがいまは、あのときのハーロンサズの反応から感じた不吉さがそうさせてくれなかった。

「それじゃまだ答えてない。あなたは、人の期待を裏切って喜ぶ人じゃないもの」

「勝手に決めつけるな」

「じゃあ違うの？　期待を裏切って、どうして楽しいの？　お願い、教えて」

「そうだ、おまえには礼を言わないとな。ハーロンサズがとても喜んでいた。スノフレイの泉主と泉を眺めて一角獣が現れた場所に立てて、夢がかないましたと笑っていた。――たぶんあいつは自分でも礼を言っただろうが、本心だと思うか？」

さらに光が強まる両眼に震えそうになりながら、ミルテはなんとかこらえて答えた。

「う、うそじゃないとは思う、けど、でも一番の夢じゃないと思う……」

「そうだ、あいつの本当の願いは、この森で一角獣騎士になることだ。俺が帝子なんかに選ばれる前は、ふたりで必ず一角獣騎士になろうと約束していた」

ラースは口もとをゆがめた。

「無知な子供のばかな約束だったがな。カンディカレドの森へ行くことになったのは俺だった。ツァサの二の舞を避けるため、そうなると俺の守り役の家の者に同じ任が下る可能性は薄い。ましてハーロンサズと俺の年齢差を考えれば、絶望的だ」

「でも、だからあの人は、自分の思いの分まであなたに期待を」

「ハーロンサズの顔の傷痕を見ただろう。戦場で俺をかばったせいだ」

彼の口もとの冷笑が、ますます濃く、冷たくなっていく。

「命がけで助けてくれた恩人の願いを、俺は奪った。だからこそ絶対に、一角獣騎士にならなくてはいけないと思った。でなければ、ハーロンサズに申し訳が立たない。――なのに破門されたあの日、その覚悟が消えた」

ラースは顔をそむけ、森を見た。

「そんな程度の思いしか、俺にはなかったんだ」

師から破門され、騎士団長から罵られたときの、すべての感情を抑えこんだ無表情な彼を、ミルテは思いだした。

師から幻滅したと言われたラースは、逆にそんな師や一角獣騎士団に幻滅していた。だが実は、彼が最も幻滅していたのは、そうした自分自身に対してだった――。

藍色の影がただよいはじめた木々のあいだから、冷たい風がふたりの髪を揺らしていく。

「俺は、三歳のときに見た幻を追いかけるだけの子供だった。だったら、この任を受けるべきじゃなかった。最高の適任者として、ハーロンサズを推薦して任を譲るべきだった。いまさらそんなことに気づくなんて無駄な時間を使ったが、それでも気づかないよりはずっといい。気づいたら、そこからやりなおすことができる」

ラースの視線が戻ってきた。ミルテはびくりとした。

「そういうことだ。これでわかっただろう。わかったら、もう訊くな」

「でも！」

勢いで反論しようとして、だがそこで自分がどんな言葉も持っていないことに気づく。ミルテはむなしく幾度か声を出そうとし、出せなかった。せめてラースを見つめても、彼はつれなく目をそらせた。

「もう俺にかまうな。俺は、おまえとは違う」

「……でも……」

やっと搾りだせたのは、なんの意味もないつぶやきだった。それでもミルテはなおあきらめず、きっと眉間に力を込めた。

そのときだった。

彼の肩越しに見える森に、白っぽい影が動いた気がした。ミルテは固まった。

「え、いま――あそこ」

ミルテは目をこらした。

「いる！」

誘われるように、ミルテは道をはずれて森のなかへと走りだした。

木々のあいだにちらちら見え隠れする。まずは軽やかに風に流れる尾とたてがみが、その次はすらりしながらも力強い脚が、そしてふりむいた顔の額から伸びる一本の角――。

「待って！」

泉に現れる一角獣はみずから泉主のもとへ足を運ぶ、という常識をミルテは忘れていた。そもそも、ここが白亜の小塔を越えた人跡未踏（じんせきみとう）の森のなかだということすら忘れていた。目を離せば消えてしまいそうな白い影だけをただ見つめて、ミルテは必死に追いかけた。

「待って、あなたじゃないの!?　十年前、わたしをここに連れてきてくれた――」

藪が肌をこすり、長い裾と草木が足をはばむ。数歩進むごとに転びかけ、それでも目は離さず、ミルテは白い影を追う。

「止まれ、危ない!!」

ラースの鋭い声がミルテの意識に突き刺さった。え、と思った次の瞬間、足がずぶりと沈んだ。危険な湿地のぬかるみを悟ると同時に、ミルテは前のめりに転んだ。自分が跳ねあげた泥が、遅れてびたびたと降ってくる。

「大丈夫か!?」

「だ……大丈夫。それより一角獣は!?」

あわてて体を起こしたが、木々のあいだは深沈とした闇しか見えなかった。

「一角獣……いたのに。いま、絶対いたのに」

「それで急に駆けだして、湿地でも止まらなかったのか。ほら」

ラースが手をつかんで引きおこしてくれる。それでもミルテは森から目を離せない。

「だっていたんだもの……絶対、あそこにいたんだから」

ミルテははっとわれに返った。

「わたし、もうちょっと探してくる！」

「やめろ、泥まみれなんだぞ」

ラースにぐいと引き戻される。泥なんて乾く、と言い返そうとした機先も制される。

「ここは森のなかだ。すぐに暗くなるのに、灯りだって持ってきてない。一角獣がいたなら、明日たぶん足跡が見つかる。だから明日にしろ。蛭(ひる)でもいたらどうするんだ」

う、とミルテはさすがに怖(お)じ気(け)づいた。

「だから帰るぞ」

また走りだすことを警戒されてか、ラースは手をつかんだままだった。ミルテはとぼとぼと彼に従い、道に戻った。

最後の陽光を受ける西空の反射が、スノフレイの泉の水面を静かにきらめかせていた。

「まずは風呂(ふろ)だな」

ラースが言った。ミルテはぎくりとした。

「えっ、あ、大丈夫、水浴びしてくるから!」

「その泥じゃ、落としきる前に夜だ。それに、いまからだと風邪(かぜ)を引くぞ」

外の洗い場でひとまず手足と顔を洗って、家に入る。

「汚れが広がるから、そこを動くなよ」

ミルテがうつむいて言われたとおりにしているあいだに、ぼうっと室内ランプの明かりが壁に反射した。ミルテは顔をあげた。そしておもわず後じさった。

「湯を沸かす前に、蛭の確認をしておくか」

ラースは、火を移した小枝を持っていた。

「――あ――」

刺すような強い明るい光に吸い取られるように血の気が引いて、体が勝手に震えはじめる。

記憶が一瞬で当時に戻る。

――八歳のミルテは母に抱きしめられて、寝室の天井も壁も床も舐めつくしていく炎と煙と熱に呆然としていた。

母が泣き叫び、父が何かを言った。母はミルテの額にきつく口づけ、ミルテを父に渡した。父に抱き取られ、同じように額に口づけられた次の瞬間、ふわっと体が宙に浮いた。

父から放りだされた窓の下を、ちょうど荷車が通り抜けた。落下の衝撃とともに手に触れた幌に、ミルテは本能的にしがみついた。だが、長くは持たなかった。あっけなく荷車から転がり落ちたミルテを、脇目もふらずに逃げる周囲の人びとは誰も気にしなかった。

何度も踏まれ蹴られたあと、ミルテは静まりかえった草むらに横たわる自分に気がついた。

顔も腕も目もひりひりして、鼻には刺すような煙の異臭が残り、ささくれた喉からは咳が止まらない。あちこちから一斉に痛みを訴えてくる体を、ミルテは無理やり起こした。

そして、丘の上に燃える街を見た――。

ランプのように、閉じこめられている火はまだ平気だった。だが、むきだしになった火は恐怖でしかなかった。一瞬で燃えさかる炎と化してあの夜のように何もかもを舐めつくしていく、そんな幻想に襲われる。

「ごっ、ごめ、む、無理、やっぱり無理」

「は?」

「ひ、火、やだ、怖い」

ミルテは小刻みにかぶりを振った。歯の根が合わなかった。

ラースはけげんそうにミルテを見つめたが、ふと気づいたように、小枝を暖炉に投げ入れた。両手を広げて、何も持っていないことを示してくれる。

「……これで大丈夫……か?」

ミルテはまだ震えながらも、どうにかうなずいた。きつく自分を抱きしめて、目をつぶり、頭のなかで数を数えて息を整えることに集中する。五〇をすぎたところで、やっと落ちついてきた。ミルテはふうっと息を吐き、ゆっくり目をあけた。

「――ごめんなさい。驚かせたよね」

ラースは神妙な顔をしていた。

「もしかして、両親を失ったという不幸な事故のせいか?」

大げさにしたくなくて、ミルテはなんとか笑顔を作った。

「うん、火事で。ごめんなさい。あなたが知る必要はないかなって思って、それで言わなかっただけなんだけど。結局驚かせるんだったら、ちゃんと言っておけばよかった」

ラースははっと、片手を顔のあたりにあげた。

「――ベルゼリアどのは、全部知っているんだよな？」

「うん、全部話したよ。だからわたしが見習い聖女になれたあとも、一角聖宮の用事で火を使うことがないようにって、ここに引き取ってくれた」

「だったらベルゼリアどのが、俺の目の色が炎みたいだと言っていたのは――」

おまえに見せるなという忠告か、とラースは目をそらせた。

金朱の目どころか二度と彼本人を見られない気がしてきて、ミルテはあわてた。

「えっ大丈夫だよ！　わたし、ランプのなかみたいに出てこない火は平気だし！」

「……おまえもやっぱり似ていると思っているんじゃないか」

「あ」

図星を指されてミルテが絶句すると、ラースは横顔を見せたまま小さく笑った。

「自分じゃただの薄い褐色としか思ったことがなかったけどな。おまえにはそう見えるなら、なるべく目につかないようにする」

ミルテはいっそうあわてた。

「いいから、気にしないで、全然、ほんとに！」

「とりあえず、浴室に行って待っていてくれ。大きな火で湯を沸かす必要がある」

「うん……ね、本当に気にしないで。お願いだから」

「おまえのお願いは、結構多いな」

茶化すような軽い口調を信じたい。だが、背をむけたまま別のランプに火を入れて暖炉の横に置くまで、まるで自分を見ようとしないラースの視線が気になってしかたなかった。かまうなと拒まれたときよりもさらに彼が遠く感じられて、ずきりと胸が痛んだ。

「とにかく行け、まだ泥まみれなんだから」

「う、うん……あの」

「行け」

ミルテはうなだれながら、暖炉の裏の小部屋に入った。

「忘れ物だ」

戸口にラースの手だけが入って、壁にランプをかけて消えた。

心が重い。体も重い。ミルテはのろのろと、大きな平桶をひきずって床に据えた。

火の入った暖炉を見ることすら恐怖になるミルテにとって、湯浴みも一年ぶりになる。かわりの水浴びも好きだが、体から疲労が溶け出ていくような湯浴みにはおよばない。だからわくわくしていてもいいはずなのに、まるでそんな気持ちになれない。

「入るぞ」

ラースの声がするまで、ミルテは立ち尽くしていた。彼がてきぱきと何度も往復して平桶に湯を張り終えても、ただ彼の視線がこちらに一度もむかないことばかり気になって、作業が終わったことにも気づかなかった。

「これで暖炉の火を落として自分の部屋に行くから、あとは自由にしてくれ」

「あっうん、あの」

「明日は一角獣の足跡を探さないとな。俺も早く寝ることにする」

胸の痛みがますます苦しかった。ミルテは声をはりあげて抗った。

「話を聞いて！」

顔こそむいたが巧妙に伏せられたままの視線に、本当に泣きそうになる。

「わたし、こういうのいやだ。たった三か月の約束で、それももうあと二か月しかないのに」

あの一角獣に会いたい――何を置いてもかなえたかったその願いに、最近もうひとつ新しい願いが加わった。ラースに一角獣騎士になってほしい――かなうことを想像するだけでうれしい、ミルテにとってとても大切なその新しい願いが、いまにも消えそうになっている。

ラースがうんざりした様子で息をつく。

「いやって、何が？　明日はちゃんと足跡探しにつきあうし、約束の期限まではここにいて、『慰みの書』もほかの古書もセフェイルに伝わる話も教える」

ミルテはかぶりを振った。泣きたい気持ちの底から、別の気持ちがじわりとにじんでくる。

「それは全部、わたしだけのためのことだから。それじゃあなたは一角獣騎士になれない」

「当たり前だ、あの一角獣に会いたいのはおまえで、俺じゃない。もともと古書を教えてくれ、好きな立場でいてくれって言っていただろうが」

「そうだったけど、お願いを変えさせて。あなたをここの修騎士にさせて」

「話が全然違うぞ」

「ごめんなさい。でもわたし、いまはあなたを知ったから。あなたがいろんなことを教えてくれたから。だからあなたには、絶対一角獣騎士になってほしい。じゃないと一生後悔する」

バランシェの泉や一角獣騎士団から心を離したときのように、ラースはミルテからも離れようとしている。理由が幻滅ではなく配慮であっても、離れるという行動自体は変わらない。

そんなことはさせない——ミルテは強く思った。

「逃げないで、ラース」

「は?」

心底不愉快そうな声をあげたくせに、それでもラースは頑なにミルテを直視しない。

ミルテはまっすぐに彼を見つめた。

「ハーロンサズの思いからも、自分からも逃げないで。もう一度、今度はこのスノフレイの泉で一角獣騎士をめざしてほしい。この森に、一角獣騎士に、幻滅した自分を責めないで。あと二か月だけでもいい、あきらめないで。とてもいやなことで、頑張りたくなんてないかもしれないけど、でも」

どうしたら彼の決意を変えられるのか。自分に何ができるのか。とっさに思いついたのはただひとつの方法で、それ以外に出てこない。だからミルテもまた、決意した。

「――ラースなんて全然怖くないって証明できたら、修騎士になってくれる？」

隣の部屋の暖炉では、まだ火が燃えさかっているだろう。考えただけで体が震えてくる。

「火、怖くないなら、ラースなんて、もっと怖くないし」

それを気づかれまいと、ミルテはゆっくり言った。

ミルテにむきそうになった視線を、ラースは寸前でそらせた。

「そんな必要のないことより、さっさと体を洗え。湯が冷めるぞ」

「必要、あるよ。いるもの、蛭」

ミルテは泥まみれの長衣の裾をまくって右脚を示した。うっすら残る痣の横に、ぷっくりと血豆のようになって、蛭が一匹くっついている。

「ばっ――さっさと取れ！　そうでなくても血の気が足りないくせにだな」

「だから火で取る！　それなら一瞬ですむから」

ミルテは戸口に走った――つもりだった。実際はほんの一歩踏みだしたところで、その場に力なくへたりこんだ。

「う……」

信じられない思いで自分の脚を見る。床に座りこんだ脚はぷるぷると震えて、まるで言うことを聞かない。何があろうと戸口には行かないとばかりに、ミルテに抗ってくる。

「ほら見ろ。――まったく世話の焼ける」

ラースがため息とともにかがんだ。そっとミルテの右脚を押さえ、爪先でていねいに蛭をはがしていって、部屋の隅の排水溝へ放り投げた。

「濡れるが、文句を言うなよ」

湯をすくってざぶざぶと傷口を洗っていく。

ラースはやさしかった。だというのに、一番肝心なところでやさしくなかった。そんなところもあの晩出会った一角獣のようで、ミルテはまた泣きたくなった。

「……ごめんなさい」

「おまえは、ごめんなさいも多いな」

「だって、ラースに迷惑ばかりかけてるから」

「俺は修騎士じゃないが、気持ちだけは、修騎士に世話をさせてやっている泉主のつもりでいればいい。バランシェの泉の修騎士なんて、使用人並にこき使われるぞ」

「わたしにそんな資格なんてない。ひとりきりの修騎士に逆破門されるような泉主だし」

「あんな奴のことは忘れろ。おぼえる価値もない」

「ううん、あの人は悪くない。わたしのせい。この前ベルゼリアにも注意されたけど、わたしは自分のことばかりで、あの人をちゃんと知ろうとしなかったから。泉の見回りでもなんでも、何度ことわられてもあきらめないでずっと誘いつづければよかった。だってわたしは泉主で、あの人はわたしの修騎士だったんだから」

ぴくりとラースの手が止まった。

「ベルゼリアどのは、甘やかしすぎるのもよくないと言っていたぞ」

洗浄が終わったのかと思いきや、ざぶりとまた湯がかけられる。まだもう少し洗われるらしい。ミルテは息をついた。

「修騎士にかかわりあうことは甘やかしじゃなくて、泉主の務めだと思う。なのにわたしはその当たり前のことができなくて、だからラースにも修騎士になってもらえなくて」

決して目をむけてこない彼に、ミルテは細い声で訊いた。

「もし、わたしが残念聖女なんかじゃなくてもっとちゃんとした泉主だったら、師にしてもいいかなって思ってくれた？」

「さあな。おまえじゃないおまえなんて想像がつかないから、答えようがない」

ラースは、乾いた布を押しつけて止血した。今度こそ治療は終わった。

結局ミルテは、泉主にふさわしいと証明できなかった。

（ベルゼリアだったら、ラースだって修騎士になってくれたんだろうな……）

あきらめと悲しみがまじりあう重苦しい感情に、押しつぶされそうになる。

騎士以上に泉主の資質がない、とベルゼリアが自分を評していたことを、ミルテは知らない。

それでも自然とたどり着いたのは、彼女と同じ結論だった。

（スノフレイの泉主なんて名ばかりだ。わたしは、泉主にもなれない——）

泉主を辞めることをベルゼリアに告げられた数人のスノフレイの泉の修騎士たちは、全員一角獣騎士をあきらめて帰国した。泉主の代替わり時にはしばしばあることで、ミルテは当然としか思わず、ただ慣れ親しんだスノフレイの泉主になれる喜びにひたっていた。だがベルゼリアが新たな修騎士を迎える算段を始めたとき、遅れて泉主の責任が重くのしかかってきた。

新たにここに来るはずの修騎士を一角獣騎士に育てることが自分にできるのか、ミルテはいまさらながら不安をうちあけた。ベルゼリアは言った。

――わたしは育ててやろう、導いてやろうなんて思ったことは一度もないよ。おまえがおまえのまま泉主の務めを果たすだけで、修騎士は何ごとか学ぶだろうし、おまえも彼から何ごとか学べるはずだ。師弟なんて言葉にこだわる必要はない、互いに学びあえばいい。

幸いすぐに新たな修騎士希望者がやってきて、ベルゼリアは森を去った。新たな泉主になったミルテは、ベルゼリアの言葉に従い、自分なりに泉主の務めを果たそうとした。

ベルゼリアはそうしたやり方で成功した。だが、ミルテは結果を出せなかった。最初の修騎士には逆破門され、ラースにはそもそも修騎士になることを拒まれている。

自分を情けなく思う一方で、ラースに洗ってもらった脚はすっかり温まり、いつしか震えは消えていた。心までほんのりあたたかくなってきた気がした。

「……わたし、ラースからしてもらってばっかりだね。教えてもらって、助けてもらって」

「気にしなくていい」

「わたしが、それじゃいやなんだ。たしかにわたしは導くことなんてできないけど、でもせめて、ラースとちゃんと話ができたら、言葉をかわせたらって思う」

「話なんて、最近は毎日しているだろうが。一角獣だの古書だの、いくらでも」

「知識をただやりとりするだけじゃ、言葉をかわしたうちに入らないんだって。ベルゼリアが言ってた。いままでのわたしはそんなこともわかってなかったけど、でもいまはわかる気がする。あなたと、もっとちゃんと話したい」

ラースが返事に詰まった。ミルテはさらに言った。

「初めてラースを見たとき、炎みたいな目だなって思ってちょっと怖かった。それは本当。でも逃げるより話したいと思ったから、スノフレイの泉に来てって頼んだんだよ」

「……修騎士がいなくなったからだろう」

「そのときはそれが大きな理由だったけど、でもいまはそれだけじゃない。サクリーナを説得できなかったのに、ラースが自分から三か月いるって決めてくれたのはうれしかったし、悪い夢を見てたのは心配だったし——いまは眠れてるよね？」

「ああ」

「よかった」

どさくさまぎれに彼の状態を確かめられて、ミルテはほっとした。また少し元気が出て、あきらめない気持ちをかきたててくれる。

「そうやって話ができるようになって、ラースはわたしと同じ一角獣に会ったってわかった。本っ当にうれしかった。でもあのとき追いかけてなかったら、逃げてたら、わたしはラースのことを知らないままだった——そのほうがずっと怖い」

ミルテは姿勢を正した。

「わたしはラースからいろんなことを教わって、これからもきっとそうだと思う。だから修騎士になりたくないなら、ならなくてもいい。でもお願い、わたしとたくさん話をして。ただ答えるだけじゃなくて、ラースの話もたくさん聞かせて」

ラースは短い髪を中途半端にかきあげて、手を止めた。

「ベルゼリアどのの見立てでは、俺は心配性で気弱で、成功が見こめないと始められない臆病者らしいぞ」

「え、そんなこと言われたの？　ラースが臆病者って——え？」

「まったくうれしくはないが、当たっている。俺はここにはあと二か月しかいないんだ。おまえを怖がらせたり失望させたりしても、その埋めあわせをする時間がない」

髪をかきあげかけたままの手の陰で、ラースは乾いた微笑をひらめかせた。

「だから、俺にこれ以上かかわるな。忘れて、そういうことは次の修騎士にしてやれ」

あくまでも彼はミルテから離れようとしている。ミルテはまた泣きたくなったが、それでも今回は言葉を見つけていた。だから震えそうな声を必死に抑えて、それを言った。

「じゃあ、その二か月」

「は？」

「わたしはたしかにいろいろ間が抜けてるけど、さすがにそこまで記憶力は悪くないもの。もうラースのことを忘れるなんてできない」

手の陰に隠れたラースの両眼を、ミルテは見つめようとした。

「ここにいてくれるあいだは、逃げないで、わたしを見て、話をして。わたし、ラースのことをずっと、なんでもおぼえていたい。最初は怖いって思ったことだって、あなたがどうしても修騎士になってくれなくてていまものすごくがっかりしてることだって、全部おぼえていたい。わたしにとっては、どれもとても大切なことだから。だから、お願い」

ふうっと大きく、ラースは息をついた。髪をかきあげて手を下ろす。

「――スノフレイの泉の泉主たちは、一体どこまで変わっているんだ」

いかにもあきれはてたといった様子でぼやきながらも、苦笑を含んでゆっくり自分にむいた彼の両眼に、ミルテはおもいきり微笑みかけた。

「ありがとう、ラース」

しばらく見つめたあと、おそるおそる口をひらく。

「……あの、ね。せっかくこっちをむいてくれたのに、ごめんなさいなんだけど……」

「なんだ？」

「……ランプの明かりじゃ、目の色なんてわからない」

ラースはぷっと小さく吹きだした。

「だろうな」

彼は立ちあがった。

「じゃあ俺はこれで。ランプはそのままでいい、あとで片づけておく」

彼は部屋を出て、ばたんと扉を閉めた。少し遅れて、また扉が開いて閉まる音がした。

泣きたい気持ちはすっかり消えた。泥で汚れた長衣を脱ぎ捨て、ひさしぶりの湯で体を洗って平桶につかるころには、ミルテは小さな鼻歌を歌っていた。

§　§　§

「——では、バランシェの泉を破門されたセフェイル帝国帝子ラース・ロー・イシュニルは、現在スノフレイの泉にいて、故国からの使者に会ったのですね？」

ガラス窓からの陽光が照らす白亜の一角聖宮の奥の間に、聖宮長フィモーの声が震えた。初老の彼女の声量は室内に行きとどくには足りないが、この少人数の集まりには十分だった。一角獣騎士団長マトゥ・ダユーイ、バランシェの泉主サクリーナ、そしてバランシェの泉の修騎士リシャル・レティエリ。彼らに見守られながら、フィモーは声を震わせた。

「また、スノフレイの泉なのですね……」

彼女は、マトゥにすがるように視線をむけた。目の端がぴくぴくとひきつっていた。

マトゥは怒りのにじむ声で吐き捨てた。

「困ったものだ。泉主は残念聖女と呼ばれた果てに逆破門などという不名誉、しかもそこへ破門された修騎士が転がりこむとは、どれだけ問題を起こせば気がすむというのか。思えば、先代からしておかしな泉主ではあったが」

いらいらと卓を指で叩く。その速度がどんどん速くなる。

「それぞれの泉は泉主の管轄下とはいえ、スノフレイの泉のこの有様を見すごしては森全体、さらには各国にいる一角獣騎士たちの名誉も傷つけることになりはすまいか」

問いかけではないと判断して、サクリーナとリシャルは沈黙を保った。

案の定、マトゥはすぐさま言葉を継いだ。

「間違ったものは正さねば、間違いが大きくなっていくばかりだ。いずれほかの泉、ほかの修騎士に悪影響を及ぼすことにもなりかねん。われら一角獣騎士団は清らかに強く、正しき道を歩む一角獣騎士たちの騎士団。だからこそ各国も一角獣騎士を評価し、自分たちの国も一角獣騎士を持つことを望むのだ。本質を失うことは、われら一角獣騎士団の存在意義を失うに等しい。そのようなことを許すわけにはいかん、絶対にだ」

ゆらゆらと暗く、マトゥの両眼が蝋燭の灯を反射する。

「第四十三代一角獣騎士団長の座を預かったわが任務は、カンディカレドの森からさらに多くの一角獣騎士を出し、各国を正しく導いていくことと心得る。ツァサ亡国の悲劇をくりかえすわけにはいかんのだ。だというのにセフェイルの帝子めが――」

フィモーはその横で、悲しげにかぶりを振った。

「痛ましいことですが、彼は正しき道を進めぬ運命の者だったのでしょうね。そもそもこの地に来てはいけなかったのかもしれません」

「そのような者を送ってくるとは、見る目のない」

マトゥはそれにつづけて、何やら小声でつぶやいた。

隣のフィモーはかすかにうなずき、疲れきったため息をついた。

「スノフレイの泉主の引き継ぎにしても、ベルゼリアがあれほど強く望むならと許可したのですが。まさか、ミルテがあそこまで勝手気ままな娘だったとは」

フィモーも何やら小声でひとりごちたあと、もう一度ため息をつきながら言った。

「正しき道を歩めぬ者同士、自然と惹かれあったのかもしれませんね」

サクリーナは、澄んだ碧眼をふたりの長（おさ）にむけた。

「一度はわが修騎士であったラース・ロー・イシュニルに、最後の情けとしてスノフレイの泉への三か月の滞在を許したのは、わたしのあやまちでしたでしょうか。申し訳ありません」

フィモーは微笑んだ。悲劇に耐えるけなげな貴婦人さながらだった。

「いいのです、サクリーナ。あなたのあやまちを言うのなら、その前にまず聖宮長の仕事にかまけてきちんとミルテの人柄を見なかった、わたくしのあやまちを言わねばなりません」

マトゥも、老いてなお敵に挑む勇者さながらに顔を引きしめた。

「起きてしまったことは致し方ない。新たなあやまちを犯さぬためにどうするかだ。セフェイル帝国としても、ツァサ亡国の悲劇は間近で見て理解しているはず。新たな一角獣騎士を得て正しき国となるため、できうるかぎり早く次の候補者を送ろうとするだろう。これ以上何ごともなく、三か月がすぎてくれればよいのだが」

破門したラースの件の確認で一角聖宮に呼びつけられていたサクリーナとリシャルは、帰路に就いた。木漏れ日がサクリーナの髪とリシャルの髪をきらきらと照らす。

「――くだらない」

サクリーナは、隣のリシャルを見あげた。

「リシャル、一角騎士団長と聖宮長の罵倒を、あなたは聞いた?」

唇の端に冷ややかな笑みをたたえて、リシャルは答えた。

「見る目のない蛮族ども。そして、勝手気ままな、所詮は孤児」

マトゥはセフェイル人を、フィモーはミルテを、そう罵った。さすがにサクリーナたちに聞かせるのははばかったのか声をひそめたが、十分に小さくできたとは言えなかった。

「ああもたやすく、どうでもいいことで人を罵っておいて、清らかで強く正しき道を歩む聖女と一角獣騎士の代表なのですって。何が清らかで、何が強くて、何が正しいのかしら」

サクリーナも冷ややかに微笑んだ。髪を飾る白い花に触れる。

「本当にくだらない。自分たちの代でわかりやすく成果をあげて、責任を問われそうな不祥事はひとつも起こしたくないというだけのことじゃない。のちのちまで名聖宮長、名騎士団長と称えられて、いずれ聖宮や地図あたりに名前が刻まれればうれしいのでしょうね」

長たちの辛辣な評価を、まるで歌うように声にする。そして微笑みながらリシャルに言う。

「だからあなたも、ラースを蛮族と罵るのはやめなさい。あんな低俗な男の同類になってはいけないわ。生まれと見た目を罵るのは、それしか言えない愚か者のすることよ」

美しい秘密の恋人の手厳しい小言に、リシャルの笑みは苦笑に変わった。

「マトゥ・ダユーイは、一応はわが国の貴族の出なんだ。私にも期待してくれているんだが。先月もあなたにさしあげるようにと彼の地元の香料を私に分けてきたのに、あなたにはそんなささやかな賄賂は無意味なんだな、サクリーナ」

「低俗だから低俗と言ったの。そうやって、わたしに媚びを売らせようとするあたりも低俗だわ。でもあの人は、同じ国の後輩への単なる親切だと思っているのでしょうね」

頭上の梢が風に揺れ、サクリーナのほっそりした首のまわりの金鎖が鋭くきらめいた。華やかな黄金色の輝きに包まれながら、彼女は愁いを帯びて目を伏せた。

「聖宮長も、自分で何も判断しない無責任さを謙虚でまじめだと思っていて、それなのに傷つけられてしまう受難者のつもりでいるのよ。あのふたりは低俗なくせに、自分は気高く正しいと信じきっている愚か者たちよ。なんてくだらないのかしら。あのふたりが治めるこの森は、なんてくだらない土地なのかしら」

リシャルは恋人の手を取った。

「この森の外の世界も、俗物だらけのくだらない土地に見えるかもしれないよ」

「俗物なのはかまわないわ。わたしだって俗物だもの。贅沢をしたいし、好きなようにふるまいたいし、恋人だって欲しかった」

リシャルはにやりとした。

「清らかで美しいことで有名なバランシェの泉主とは、とても思えない言葉だ」

「人が勝手に言っていることだわ。わたしは俗物で、だからわたしと同じ俗物なのに自分は違うって思いこんでいる低俗な愚か者が大嫌い。ラースのことだって大嫌い。でもこの森の一角獣は、こんなわたしを正しいと認めてくれたようよ」

サクリーナは、彼の手に指をからめた。

「あなたは愚かではない俗物で、だからわたしの本性を見抜いたのでしょう?」

「こうも危険で魅力的な女性だったとは思わなかったけどね——いい意味で驚いた。そしてあなたに、本心から恋をした」

ふたりは足を止めた。見つめあう。

「うそが得意ね、リシャル」

サクリーナはとがめるように目を細めた。リシャルは真顔で答えた。

「一生つきとおせるくらいには。それを真実というんだ」

サクリーナの目もとがほんのり染まった。だが、表情は甘やかさからはほど遠く暗い。

「愚か者の森は嫌い。だから早くわたしを連れだして。あなたの世界へ連れていって」

もちろん、と言ってから、リシャルは軽く唇を噛んだ。

「――あいつさえ邪魔しなければ、いまごろはあなたを連れて国にむかっていただろうに」

「一角獣は必ずまた現れるわ。だってあなたは、わたしの完璧な騎士だもの。――たった一点をのぞけば」

「それは？」

サクリーナは不意に、いたずらっぽく微笑んだ。

「あなたを見つめると、首が疲れるわ」

リシャルも笑うと長身をかがめ、恋人の唇にキスを落とした。

ふりかかる暗殺者の刃（やいば）の冷たい光が目に飛びこんだ――ラースははっと飛び起きた。

とっさに口を押さえる。声はあげなかったと思うが、びっしょりと冷や汗をかき、肩で息をしていた。眠ったあととは思えないほど、体も心も疲れきっていた。

「……くそ」

夜明け前の部屋はまだ暗い。ラースは髪をかきあげ、そのまま頭をかかえた。

うたた寝してしまったとき以来の悪夢を、また見てしまった。つい、愚痴がこぼれる。

「どうしてあのとき、三か月なんて言ったんだ……」

ツァサ亡国の古書について知りたい、と頼まれたことが発端だった。

破門されて何もかもどうでもよくなって、この任をどうやってハーロンサズに譲るかだけを考えはじめたとき、母方の亡国の名に少しだけ興味を惹（ひ）かれ、彼女の話を聞いた。

聖女の自覚皆無のなりふりかまわない姿にあきれ、本当は修騎士（しゅうきし）になりたかったという無謀さにまたあきれ、誰（だれ）ひとり味方する者のいない彼女の状況に、つい三か月くらいならいいかと思ってしまった。

その後イーンの町にベルゼリアがいると知ったが、どこか冷静に距離を置いているようなところがあって、頼りになるのかならないのかいまひとつわからない。

——本っ当に心配性だね。

にやにや笑うベルゼリアの声が聞こえた気がした。

ああそうだよ、とラースは心のうちで吐き捨てた。ぶすっとむくれる。

悪夢のなかで殺されそうになっていたのは、自分ではなくミルテだった。

ラースは深々とため息をついた。こんなありえない悪夢を見た原因はわかっている。

「さっさと森を出ればよかった……」

一角獣に会いたいという一心しかない彼女の危なっかしさを見てしまったいまは、自分がこの森を離れたあと彼女がどうなるのか、気になってしかたがない。

ひとりで森をふらついてまた湿地に落ちないか、簡単な冷たい食事ばかりしてたちくらみをひどくしないか、サクリーナたちにいやがらせをされないか、もしそうなったら聖宮長たちはきちんと対処してくれるのか——そして、彼女を残念聖女とばかにしないまともな修騎士は来るのか。

それでも彼女なら、いつかきっと一角獣に会ってみせるに違いない。ある日スノフレイの泉に現れた一角獣に金鎖をかけ、踊るような足取りで〈盟約〉の儀式のために一角聖宮へとむかうその隣には、たぶんすっかり悔い改めて彼女を見つめる修騎士がいるだろう。

だが、そもそも自分たちが一角獣に会ったのは、この森の外だった。彼女が会いたいのはあの一角獣だというのなら、ここにこだわることなく一緒に諸国を探して回れば、もしかしたらむしろそのほうが、あの一角獣に再会できるかもしれない――ふっと頭をかすめたうわついた空想を、ラースは髪をぐしゃぐしゃにかきまわして追いはらった。

「――俺は、リシャルじゃない」

高慢なところはあるが騎士としての力量は尊敬していた年上の相弟子が、師に言い寄って一角獣騎士になる密約をかわしたと知ったときの嫌悪感が、またこみあげてくる。

ラースは部屋を出、そのまま家も出て、暁闇のなかを洗い場に直行した。頭に水をかぶって顔を洗うと、少しだけ気分がさっぱりした。

明けていく森をぼんやり眺めているうちに、配達の小牛のベルの音が遠くに聞こえた。まもなくミルテも聞きつけて、階段を駆けおりて家から飛びだしてくるだろう。ラースはまだ濡れた頭を振り、すべての悪い夢を消し飛ばした。

「ラース、おはよう。早いね!」

予想どおりの彼女の声に、平然とした顔を作ってふりかえる。

「まあな。今日は俺が朝食を作るから、呼ぶまで上にいろ。森歩きは体力が要るぞ」

「うう、またひっかかった……」

生成の麻の衣の裾を藪から引きはがす。なるべく体にぴったりするよう片手でまとめなおして、ミルテははあっとため息をつく。

「やっぱり、この前ベルゼリアがくれた服のほうにすればよかった」

先を行くラースの背を、ミルテはうらやましく眺めた。先日生まれて初めてした男装の、脚衣の動きやすさが懐かしい。人に見られたら言い訳できないということで、さすがに自重したのだが、白亜の小塔を越えた藪だらけの森を歩くには、絶対に男装のほうが適している。

ラースがふりむいた。

「ついてくるのが大変なら、道で待っていろ。俺だけで行くほうが早いしな」

「それはいや、わたしだって見たい」

ミルテは足を速めて、彼に追いついた。昨日一角獣を追いかけたところなのか、ミルテにはまったくわからない。だがラースは、ここまでまるで迷っていない。昨日湿地を警告したことからしても、すでに知っている場所であるらしい。

「こんなところまで来てたんだ。一角獣を見たことはないの、ラース？」

「まったく」

「足跡も？」

「ないな。この森は鹿も猪もいないし、一角聖宮にしかいない小牛が森の奥に入ることもない。だから、それらしい双蹄の足跡があったらすぐわかったはずだ」

湿地に着いた。つもった枯れ草と落ち葉が乱れて泥が露(あら)わになっているのが、昨日ミルテが乱した箇所だろう。じんわりと水を含んだ地表は、少し足を乗せただけでぐっと沈みこむ。ラースが長い枝を折り取り、渡してくれた。

「踏みだす前に、まず地面をさぐれ。一角獣は、普通の馬程度には体重がある。絶対に深みには行けないから、そういう場所に足跡らしいものを見つけても近づくなよ」

ふたりは二手に分かれた。

「昨日、たしかに見たもの。あの子はここに来た。来た――」

やっとあの一角獣が姿を現してくれた。ミルテはそう信じた。だったら必ず、一角獣の痕跡(こんせき)があるはずだった。それを見つけるのは、自分の仕事だった。

湿った地表には、森の生き物の足跡が残っている。小さなものは、鳥、とかげ、野ねずみ、いたち。四点が三角に並ぶ足跡はうさぎ、平べったい足跡はあなぐま、菱形(ひしがた)の足跡は狐(きつね)。一角獣の足跡はそのどれよりもはるかに大きく、目立つはずだが、万が一にも見落とさないようにミルテは目をこらした。

地表から目を離さずに、倒木に手を置いて乗り越えた先だった。

「あ！」

湿地のへりに、たったひとつだけ。だがまるで名乗りを残すかのようにくっきりと、ミルテの手よりも大きそうな双蹄の足跡が押されていた。

「ラース——あった!!」

身軽に倒木を飛び越えて、ラースが来た。彼は足跡を見て息を呑んだ。

「双蹄——鹿とも猪とも違う、大きさもかなり大きい」

ミルテはラースを見あげた。彼もミルテを見た。

「一角獣、だよね？」

「ああ」

彼にこくりとうなずいてから、ミルテは真剣な面持ちで足跡に視線を戻した。

「持ってきてもらった荷物、貸して」

ラースが背負袋を肩から下ろして置いた。

「結構重いが、何を入れてきたんだ？」

「やっぱり重かった？　だからわたしが持つって言ったのに」

「おまえは少しでも身軽にして、転ばないようにしろ。そのほうが結局は手間がかからない」

「そんなにいつも転んでない！　——と思う……」

ミルテは背負袋から革の紙挟みを出し、紙を慎重に泥に押しつけて足跡を写し取った。別の紙を張りあわせ、足跡の写しがこすれないように保存してまた紙挟みに戻す。

「じゃあ、次の段階。もっと痕跡がないか探して、一角獣が大体どうやって動いたかがつかめたら、よさそうなところに餌を撒いて、おびきよせる」

「まさか、罠(わな)を仕掛けてつかまえるのか？」

ミルテはぎょっとした。

「罠なんてだめだよ！　どうしてそんなおかしなことを考えるのかな」

ラースは不服そうな顔をしたが、ミルテはもう彼を見ていない。

「ただ餌づけするだけ。それでだんだん泉のほうにおびき寄せて、あの子が〈盟約〉を望めばそれでよし、望まなくても泉に来るのが当たり前にならないか、やってみよう」

ふたりはしばらく、足跡の周辺を調べた。今度はラースがあったぞと声をあげた。

灰色の樹皮が幾度も切りつけられたように裂けて、淡黄色の傷に樹液がにじんでいる。

「角研ぎの跡だ。この森に鹿はいない以上、一角獣のものに違いない」

「角研ぎって何？」

「知らないのか？　鹿もすることだが、木や岩に角をこすりつけるんだ」

「うん、知らない……。ラースはどこで知ったの？」

「ハーロンサズの祖父は一角獣騎士だ。その一角獣が角研ぎをしていた跡が、厩舎(きゅうしゃ)の柱に残っていたんだ。一角獣の角は削ることも難しいから、実際には研ぐというより、遊んでいるか汚れを落としているかなんだろう。図書室の資料にはなかったのか？」

ミルテは図書室で読みあさってきた数々の資料を思いだしてみたが、まるでおぼえがなかった。ため息をつく。

「……一角聖宮って、そういうところが不便なんだ。ベルゼリアともよく話してた。図書室の資料も閲覧は限定されてるし、書き写しも禁止だし。そもそも一角獣がどういう生き物なのか、きちんと調べた聖女も騎士もほとんどいない。とにかく、泉主が清らかに騎士が強くあれば現れる聖なる存在、って以上のことを知りたくも考えさせたくもないみたいで」

一角獣はほかの獣とまったく違う、ふしぎな獣だった。何よりも大きな違いは雌雄がないことで、当然繁殖の記録もなく、子供の一角獣が目撃されたこともない。またそれぞれの個体は区別がつかないほどそっくりで、一角獣騎士が自分の一角獣になんらかの目印をつけることが一般化している。そして最も特徴的な一角は、いかなる物によっても折れることはない。

一角獣は謎に包まれており、人が得るには聖なる森で授かる幸運を待つしかなかった。その条件だけはわかっている以上、よけいなことをして万が一にも現状を変えてしまいたくないということか、カンディカレドの森の全貌調査も話に出たことすらないらしい。

「そもそも、一角獣がどこから現れるのかだって誰も知らない。森のどこかに一角獣が生まれる岩があるって書いた人もいるし、神界につながる洞窟があってそこから来るって書いた人もいるし、天から降りてくるって書いた人もいる。でも、本当にそういうところを見たわけじゃなくて、好き勝手に想像してるだけで。なんの参考にもならなかった」

ミルテはもう一度ため息をついた。と、そこで思いだしてラースに礼を言う。

「角研ぎのことを教えてくれて、ありがとう。ほかに、何か痕跡はあるかな？」

「ほかはなさそうだな。ただ足跡と角研ぎ跡で、おまえが昨日見た一角獣は実際にいたことがわかった」

「うん」

「つまり昨日の一角獣は、道近くの森から湿地の近くを通り、ここで角研ぎをした。動きとしては、この先へ行った可能性が高い」

「……またこのあたりに戻ってくるかな？」

「角研ぎ場として気に入ったなら、来るかもな」

「このあたりに餌を置いてみるのは？」

「いいんじゃないか」

背負袋には、今朝届いたものも含めて、持てるだけの食べ物も入れてある。

「あの子が、どれかは気に入ってくれますように」

置いた食べ物に革水筒に入れてきたスノフレイの泉の水をかけたあと、ミルテは両膝をつき、両手を組みあわせて目を閉じた。この十年でさすがに身についた静謐な姿勢で、いままで一番思いを込めて祈った。最後に、腰につけた袋から髪につけているものと同じ花を出し、そっと並べて立ちあがる。

ふと視線をあげると、ラースとまともに目が合った。すると彼は視線をはずした。

いつから見つめられていたのか。そしてなぜ急に目をそらせたのか。

「――なっ、何？　あ、え、変だった？　あ、また泥がついてる？」

　昨夜と同じく逃げた視線に、なぜかいまは寂しさよりも気恥ずかしさに襲われて、ミルテはうろたえた。顔がかあっと熱くなってくる。

「いや別に何も全然。単に――聖女らしく見えるなと思っただけだ」

「え、あ、でも、いま長衣じゃないけど」

「珍しくずっと真顔だったからだな。帰るぞ」

　ラースは背負袋を肩にかけて、さっさと歩きだした。あわててあとを追いながら、ミルテは片手で頬をつまんでみた。言われるほどいつもと違う表情だった自覚がない。

「ラース、わたし、そんな真顔だった？」

「足跡が見つかってから、ずっと」

　わたしを見てと頼んだのは、ミルテ自身だった。なのに実際ラースがそうしてくれていたのだと思うと、ふしぎな気恥ずかしさがさらにいっそう大きくなる。ミルテはなんとなく、髪をなでつけて花も直した。

「そ、そうかな？　たまたまじゃないかな？」

「もし一角獣に会えたら、おまえは笑うのか泣くのか、どっちだろうと思っていたんだ。どっちでもなかったな。ひたすら真顔だった」

「それはだって、まだあの子に会えたわけじゃないから」

落ちつかない内心を気取(けど)られたくなくて、ミルテは思いつくままに話しはじめた。

「わたし、図書室にある泉主の記録も読めるだけ読んだんだけど、どの泉主も、一角獣がどんなときにどうやって現れたかは書き残してなくて。みんな、一角獣を見つけたときの話ばかりだったんだ。一番多いのが、早朝に泉の浅瀬に立ってる一角獣を見つける事例。次が、泉のほとりの草地に立ってるところを見つける事例で、大体ほとんどはこのふたつ」

「一角獣は、水や草を求めて来たってわけでもないんだな」

「もしかしたら飲んでたり食べてたりした例もあったかもしれないけど、記録にはなかった。泉主が来た途端にすぐに近づいてきたって話ばかりで」

「まあ泉主は狩人(かりゅうど)じゃないからな。一角獣の習性や生態には興味がないんだろう。おまえ自身は見たことはないのか？」

「うん、ベルゼリアが泉主だったころに、二回。どっちも泉の浅瀬にいたって聞いた。わたしが見たときはベルゼリアが金鎖をかけたあとだった」

　ミルテは当時を思いだす。朝の木漏れ日がきらめくスノフレイの泉に四肢をつけて、一角獣は泉のほとりに立つベルゼリアに鼻面を寄せ、ベルゼリアは微笑(ほほえ)みながら一角獣をなでていた。きらめく金鎖が聖女と一角獣をつないでいた。直後に一角獣騎士になる勝者となれない敗者が決まるスノフレイの泉の修騎士たちも、この瞬間ばかりは全員が純粋に目の前の光景に見とれていた。

「一回目のときは、わたしも一角獣に夢中で、ほかの手がかりなんてすっかり忘れてて。二回目のときには、一角獣は森のどっちから来たのか手がかりを探してみたけど、全然見つからなかった。本当に天から降りてきたのかもって思ったくらい、何も」

一角聖宮で〈盟約〉を結び、晴れて一角獣騎士となった修騎士とともに帰国の途に就いてしまうと、スノフレイの泉には一角獣の気配は見事なまでに何もなかった。

――いつだってこんなものさ。どうにもならないことを気にしてもしょうがないよ。

ベルゼリアは笑っていたが、ミルテは本当にまた一角獣が現れるのか不安になった。

その不安は的中してしまい、それから五年間、スノフレイの泉に一角獣は現れていない。しかし今回、初めて痕跡を見つけた。うれしさよりも、会ってやるという気合いが入った。

「でもあの子は天なんかじゃなくて、やっぱりここに――わたしたちと同じ森にいるんだ」

ラースが、行く手をさえぎる茂みの枝を押さえながらなにげなく言った。

「今回の痕跡が、あいつのものかどうかはわからないけどな」

あっ、とミルテは息を呑んだ。足を止めてラースを見あげる。

「そうだ、どうしよう！　もし違う一角獣だったら!?　ラースは、一角獣騎士になるならあの子がいいよね？　騎士が一生で〈盟約〉を結べる一角獣は一頭だけだもの。誰かもらってくださいってほかの泉の修騎士に頼んで回ったら、欲しい人いるかな――うあ、でもラースが帰る前に今度こそあの子が来てくれるって保証もないし――」

ラースがぷっと吹きだした。

「落ちつけ。そんな悩みは、一角獣が目の前に来てから考えても間に合うぞ」

「あ、そっか、そうだね」

ミルテは胸をなでおろした。ひと息ついて、それからむっとする。

「……そんなに笑うことないと思うけど」

「いや別に」

「にやにやしてる！」

「してない」

「してる！　ひどい。ラースのせいなのに」

ミルテは足早にラースの横をすりぬけた。

(ラースがもっと長くいてくれるなら、あの子をずっと待てるけど——)

その時間がないから、ミルテはあせった。ほかの一角獣はともかく、あの夜の一角獣を渡す相手だけは、絶対にラースでいてほしかった。

ミルテはふりかえった。

「わたし、これから一角聖宮に行って、足跡の写しを見せて、こんな貴重なものが見つかったんだから図書室の資料を全部調べさせてって、聖宮長さまに頼みこんでくる」

「図書室に入れるのはまだ先だと言ってなかったか？」

「うん、だから頼むの。時間がないんだから、できることはなんでもしなくちゃ。帰りはいつになるかわからないから、夕ごはんはわたしを待たなくていいよ」

「……いや、俺も行く」

「一角聖宮だよ？　ひとりで大丈夫」

ラースは軽く眉をひそめてミルテを見おろした。

「行き来の途中、また森に一角獣を見かけても追いかけないか？」

う、とミルテは固まった。

「そういうことだ。ひとりで湿地にはまったら、大変なことになるからな」

ラースはまた先に立って歩きだした。話は決まったと言わんばかりだった。

「ひとりで大丈夫なのに。もう次は湿地にはまらないように気をつけられるのに」

彼の背にむなしく抗議しつつ、ミルテの目もとは自分でも知らぬ間に微笑していた。

§　§　§

午後の一角聖宮主館前の広場は、今日もにぎわっている。ラースは鋭い目をあたりに配り、先日の不届きな行商人がいないか探した。

「どうしたの、ラース？」

きょとんとしたミルテは、いまは薄白絹の長衣と金鎖と髪の花飾りをちゃんとつけている。繊細な顔立ちと相まって、清楚な泉主にしか見えない。森に着いたばかりらしい旅装の騎士の目も、彼女に釘づけになっている。それでも先日の行商人がいれば、もしかしたら彼女が泉主の身で森の外に出ていたことに気づかれてしまうかもしれない。

万が一そんな事態になれば然るべき手段をとるつもりだったが、幸い行商人はいなかった。

「なんでもない」

一角聖宮主館は、一階が一角獣騎士団長の管轄で、それより上は聖宮長の管轄となる。森を訪ねてきた外部の騎士が立ち入ることができるのは一階まで、それより上の階は泉主の供をしてきた修騎士のみが立ち入りを許される。

何も考えずに一角聖宮に入ろうとしたミルテに、ラースは声をかけた。

「俺はここまでだ」

「あ――そっか、一緒には行けないよね。ラースはスノフレイの泉の修騎士じゃないから」

一瞬顔をかすめた寂しげな表情をすぐ消して、ミルテは明るく応じた。

ついていってしまえ、と悪魔のささやきが聞こえたが、ラースは顔には出さず、持ってきた背負袋をミルテに渡した。森で見つけた一角獣の足跡の写しが入っているだけで、まったく重い物ではない。これが今朝くらい重ければ、悪魔のささやきに喜んで乗ってしまったかもしれなかった。

「スノフレイの泉の修騎士になりそうな者がいないか、ここならついでに見つくろうこともできるからな。このあたりにいる」

「うん。じゃあ、行ってくる」

ミルテはくるりと背をむけて一角聖宮へと入っていった。

ラースは、入口が見える位置の椅子を選んで腰を下ろした。ため息が自然に落ちた。

ミルテが言っていたように、泉にいる騎士の立場はたぶん一角獣には関係がないと、ラースも思う。騎士ですらなかった子供のころに会っているのだから、自分が泉の修騎士だろうが居候だろうが、一角獣は現れたければ現れ、現れたくなければ現れないだろう。そんなことを気にするのは、人間だけだった。

人間にしても、言葉上の問題でしかない。スノフレイの泉にいるラースの立場が修騎士でも居候でも、期限の日を迎えるまで毎日の生活は等しくつづく。こうして一角聖宮の立ち入り可能な場所には違いはあるものの、それについても、ミルテが供だとひと言えばすむ。

「……だから、な」

言葉上の問題でしかないからこそ、彼女に修騎士と思わせる行動をできるかぎりしないとラースは決めていた。そうして自分たちの距離を保つことにした。

──ラースのことをずっと、なんでもおぼえていたい。

彼女は言った。

未来を信じて進んでいく彼女は、この三か月の思い出をなんらかの糧にできるかもしれない。だが、帰国後はよくて軟禁悪ければ暗殺という運命が待つラースにとっては、三か月の思い出は未練を増すものでしかなかった。せめてもの矜持として最期は潔く迎えたいというのに、あんなありえない悪夢まで見てしまった以上、ラースは自分をまったく信じられなかった。

自分を見てと言う彼女の懇願には、すでに負けた。その上こんな心情まで彼女に話してしまうようになっては、なけなしの矜持の敗北は決定的になってしまう。

——痩せ我慢がお好きだね。

またにやにや笑いのベルゼリアの声が聞こえた気がして、ラースはぐしゃぐしゃと髪をかきまわした。

「……聖女でも薬草屋でもなくて、本当は魔女なんじゃないのか」

ラースはむすっとして、目の前を通る騎士に集中することにした。

各国からカンディカレドの森へ来る騎士は、最初から泉主を決めている場合もあれば、情報を集めてから決めることもある。残念聖女、というミルテの悪評をここで知らない者はいないだろうが、修騎士になる前の騎士が森の奥に住む泉主に会える機会は滅多にない。いまなら直接会って話せると教えれば、会ってみたいと思う者もいるかもしれない。

なみはずれた長身に毛皮の縁飾りがある服をまとった、グインヴィート王国の騎士がいた。褐色の顔に光る水色の目がどこか酷薄に思えて、ラースは彼を無視した。

袖無の革上着に細い剣、赤毛の髪をきれいになでつけたビアンニー王国の騎士もいた。彫りの深いとがった顔つきが狐のようにずるがしこそうで、ラースは彼も無視した。

マント風の外衣を着たバルタス騎士団領の騎士もいた。肩より長い濃茶色の髪をひとつに束ねて整えていて、見るからにバランシェ向きだとラースは無視した。

髪を剃って髭をたくわえた、漆黒の服のトゥリ古公国の騎士もいた。もしかしたら若いのかもしれないが一見四十歳すぎに見えて、師弟どころか父娘だろうとラースは無視した。

なかなかこれといった騎士がいない。ラースは眉をひそめた。自分の採点がいくらか厳しいことは自覚しているものの、基準を下げる気には到底なれなかった。

「――ここで何をしている？」

どんなに採点を甘くしようと絶対に合格しない声がした。ラースはあえてのろのろと、軽蔑を隠さない顔をあげた。

「まさか、マトゥ騎士団長どのに、修騎士復帰を願い出に来たんじゃないだろうな」

冷ややかに見おろしてくるリシャルに、ラースはしらっと皮肉を返す。

「騎士団長が同郷で、おぼえがめでたければ聞きとどけてもらえるかもな」

バランシェの泉の修騎士は出自にも自己の能力にも自信を持つ者ばかりだったが、リシャルは泉に来てすぐに一目置かれるようになった。彼自身の力量もさることながら、マトゥ騎士団長があからさまに彼をひいきしていたことも一因だった。

リシャルは片頬をゆがめた。ラースの皮肉をなんとも思っていない笑みだった。

「私にすりよってくる者にすりよりたいというのなら、力を貸してやろうか？　一時は相弟子だった仲だ。いまのきさまは哀れな敗残者とはいえ、あの朝の〈証しの剣戟〉までは、一角獣騎士にかぎりなく近い場所にいたのは間違いない。それを思えば、同情の余地はあるからな」

甲乙つけがたい複数の修騎士がいる泉では、最も強い騎士を決めるために〈証しの剣戟〉と称して剣をまじえることがある。一角獣がバランシェの泉に現れたあの朝、ラースはサクリーナの指名に応じてリシャルと剣をまじえ、彼に敗れた。

ラースも冷たい笑みを返した。

「まったくもって不要だ。おまえも俺にかまってないで、早く泉に帰って彼女にすりよっていればいい」

リシャルが険悪な目になった。

「——どういう意味だ？」

「言葉どおりだが、何か気にさわったか？」

「……三か月森にいさせろと言っていたとき、妙に思わせぶりだと思ったが。こそこそと嗅ぎまわっていたのか、薄汚い蛮族め」

「清らかなるバランシェの泉に、知られて困ることでも？　まさか」

ラースは大げさに肩をすくめてみせた。

「バランシェの泉にはどうせまた一角獣が現れるだろうし、おまえも一角獣騎士になるんだろう。とはいえ油断するなよ。今度は何も知らずに、本気でおまえに〈証しの剣戟〉を挑む相弟子がいるかもしれないからな」

リシャルの目がさらに険悪さを増した。

「あの朝、手を抜いたとでも言いたいのか？　日々の修練でも五本に四本は私に負けていたというのに？」

ラースは平然と、不敵な微笑をひらめかせる。

「修練は修練でしかない。五本に一本の勝ちでも、それを勝負どころで引くだけだ。だが、すでに決まっている結果をそうと悟らせないための形式なんて、勝っても意味はないからな」

リシャルは鼻の先でせせら笑った。

「見苦しい言い訳だな。早くもよく学べたようで、何よりだ。さすがは残念聖女の弟子だと褒めてやる」

聖宮長の執務室を訪ねると、会議中とのことだった。応対に出た執務室担当の聖女は、あからさまに帰ってほしそうだった。

「待ちます。必要なら、ここで夜を明かしてでも。絶対に聞いてもらいたいんです」

ミルテの覚悟が伝わったのか、担当聖女は一度室内に入ってまた出てきた。

「少しでしたら時間を取ってくださるそうです。どうぞ」

執務室隣の小部屋に通されてしばらく待ったあと、隣室との扉が開いて聖宮長フィモーと一角獣騎士団長マトゥが現れた。騎士団長にかばわれるように入ってきた、ミルテより頭半分ほど小さい白髪まじりの聖宮長は、打ちひしがれたまなざしで見つめてきた。

「……いったい、今日はどういう問題を持ってきたのですか」

なんだか彼女をいじめているかのようで、ミルテはおもわずひるんだ。

「も、問題じゃないです。これを」

ミルテはあわてて、一角獣の足跡の写しを広げて見せた。

マトゥは一瞥をくれただけで、すぐににらみつけるような視線をミルテに戻した。

「これはなんだ?」

「あの、森――あ、いえ、スノフレイの泉の近くで」

一角聖宮とスノフレイの泉との距離に比べれば、湿地と泉ははるかに近い。うそじゃない、と自分に言い聞かせつつ、ミルテは説明した。

「この足跡を見つけたんです。絶対に一角獣のものです!」

「そうでしょうね。それがどうしたのですか?」

「どうって――あの、泉に現れる前の一角獣の足跡を見つけたって記録は、わたしは知らないんですが、普通にあることなんですか?」

「いいえ、ありません」

「で、ですよね。ですから図書室の古い資料も見せてもらえれば、もしかしたら、似たようなことがあったかもしれないって思うんです」

「あったらどうだと言うのだ。何十年も前の特殊な例外を知ってなんになる」

マトゥがぴしりとさえぎった。騎士としては小柄だが、平たい顔つきの初老の男は岩のような頑健さを保っている。

「え――」

程度の差はあれ関心は持ってもらえるはずだと思いこんでいたミルテは、絶句した。

フィモーも諭してくる。

「一角獣が泉主の清らかさを認めて現れるからこそ、意味があるのですよ。ただの足跡などなんの意味もありません。あなたは泉主だというのに、そんなこともわからないのですか」

「でっでも！　この足跡が一角獣が現れる兆候だとしたら、調べればもっと一角獣が多く現れる手がかりにつながるかもしれません！　いますぐじゃなくても未来の泉主の役に――」

「そんな暇があったら、自分の泉と自分自身をより清らかに保つように努めることだ」

「よけいなことはしなくてよいのです。いえ、してはなりません」

マトゥとフィモーは同じことを言ってくる。

「でも、図書室の過去の資料も、過去の聖女たちがそう思って残してくれた――」

「いにしえの資料を保存しているのは、先達への敬意の念からのことです。カンディカレドの森を拓いていただいたことに感謝し、当時の姿を守りつづけていくことこそが正しき道だというのに、身勝手な好奇心から先達の業績に無用に触れ、損なう危険を冒すつもりですか」

「損ないません！　絶対、約束します、なんにだって誓います！」

「――残念聖女と呼ばれているあなたが、ですか」

　細いため息をついたフィモーの声も表情も、冷笑ではなかった。もっと突き放し、もっと隔絶した、嘆きとあきらめの感情だった。聖宮長の立場にある小柄な老女にまで残念聖女と呼ばれたことより、彼女のそうした声や表情のほうが、ミルテの胸を冷たく突き刺した。

「あなたひとりのために一角聖宮が、このカンディカレドの森があるのではありません。この世に正しき道を示す一角獣を送りだすために、この森はあるのです。その役目の一端を担う聖女でありたいのならば、自分の考えなどという我執を捨てなさい。泉主として普通に、ただ清らかにあるよう努めるだけのことなのに、なぜできないのですか」

　ミルテは震えそうな体をこらえながら、まっすぐにフィモーを見つめた。

「わたしは、自分の泉を常に見回り、清らかに保っています。自分自身の身だしなみも――たしかにときどきうっかりしますが、沐浴も洗濯も掃除も日々怠ったことはありません。怒ったり憎んだり妬んだりすることなく、おだやかに淡々とすごすよう心がけています。それでも、泉主としては足りないですか？」

「十分です。それだけでいればいいのです。なのにあなたは、何かと勝手な思いつきを持ちこむではないですか」

「だってこの森は、一角獣に会うためにある場所で」

「そうです、だからこそ、よけいなことをしてはなりません。正しき道以外の道は、間違った道なのです。泉主に与えられた自由は、泉主ならば正しき道に通じる清らかさを守れると信頼されているからです。なのにこのようなことをつづけるのでは――」

フィモーは悲しげにため息をついた。自分にこんな決断を下させないでくれと懇願するように、眉をひそめた。図書室の資料を見たがったり、一角獣の足跡を持ちこんだりするような面倒ごとで、これ以上自分を困らせないでくれと頼んでいた。

「……わたしを、信頼できないということですね。泉主なんてさせられない、って」

ミルテはつぶやいた。聖なる森の清らかな泉を守る泉主たち。堂々とその一員だと胸を張ることはできなくても、その端にはなんとか入っているつもりだった。彼女たちは清らかに身を保つことで泉を守り、それが苦手な自分は自分にできるほかのことをする。それでも一角獣への思いは同じなのだと信じこんでいた。

だが違った。自分のために一角獣に会いたいミルテは、ついどうしたら会えるかあれこれ考えて、さまざまに行動してしまう。それでは泉主としては失格なのだろう。

考えに沈んだミルテに、フィモーは慈悲深く微笑みながら手をさしだした。

「何を言うのですか。いまからでもあきらめることなく、正しき道をめざせばよいのですよ。あなたはここから立派な泉主になれると、わたしは信じています」

フィモーは、ミルテが涙を流して悔い改めながら彼女の手を押しいただくことを待っていたのかもしれないが、ミルテはそもそもその手に気づいていなかった。

「――わかりました」

考えに沈みながら足跡の写しをしまい、長(おさ)たちへのあいさつも忘れて部屋を出る。予兆もなく、不意に涙がほろっと一粒頰にこぼれた。遅れて思考が追いついた。

(ここでは、これ以上は無理なんだ)

あの夜会った一角獣は、ミルテにこの森の泉の泉主になってほしくて、ここに連れてきてくれたのかもしれない。ベルゼリアという理解者に恵まれ、ミルテはなんとか泉主になれた。だが泉主が歩むべき聖宮長の言う正しき道は、ミルテには歩めなかった。

決められた一本道を歩めばいいだけと言われても、過去の資料も読みたい。いにしえの先達が入らなかった森にも入って調べてみたい。そんな、聖宮長の言うよけいなことへの気持ちは抑えられない。そうやっていろいろな道を探らなければ、現れないはずのカンディカレドの森の外に現れたあの一角獣に再会できるはずがないと思ってしまう。

ふうっ、と宙に息をつく。聖宮長のため息とは違って、大きく息を入れるために。ミルテは手に持ったままだった背負袋を抱きしめた。

「ラースを一角獣騎士にするのは無理かもしれなくなっちゃったな……。ラースになんてあやまろう」

一角聖宮の外に出た。ラースを探して一階の回廊に目をさまよわせ、すぐに彼を見つけた。

「ラース⁉」

彼よりさらに長身のリシャル相手に一歩も引かずにらみあう姿に、ミルテは動転した。ただならぬ雰囲気にざわつく周囲の目も忘れ、薄白絹の長衣の裾をひるがえして駆けよった。

「どうしたの⁉」

ラースは微動だにしなかった。リシャルが下目に見てきて、ふっと鼻で笑う。

「裾を乱したはしたない娘がいると思ったら、きさまの泉主が来たぞ、ラース」

ミルテはあわてて片手で裾を押さえたが、もちろんいまさらなんの意味もない。

「――黙って抜け。それとも弓か、槍（やり）か、斧（おの）か」

ラースが低い声で吐き捨て、自分の剣に手をかけた。ミルテはさらにあわてて止めた。

「待って待って待って！」

逆破門されたときにも指摘されていたのに、性懲りもなく同じ目にラースを遭わせてしまったことを後悔しながら、せめてリシャルに頼む。

「不作法で恥ずかしい人間は、わたしだから。わたしを蔑（さげす）むのは好きにしてくれていいけど、わたしの恥をラースに押しつけないで。それとこれとは、話が違うと思う」

見くだしきった目つきのまま、リシャルは言葉だけは丁重に返事をしてきた。

「いえ、ミルテどの。同じ話です。師が師なら弟子も弟子だという、真理の話です」

ミルテは目をみはった。

「え、でも、ラースは」

いきなりラースが強引に割って入ってくる。

「用はもうすんだのか？　すんだようだな。帰るぞ」

言うと同時に、ミルテの手から背負袋を取りあげながら歩きだす。

「あ、わ、まっ」

背負袋ごとひっぱられて、ミルテも彼を追いかける。その力の強さにあきらめて背負袋から手を放すと、ラースはさっと肩にかけた。

リシャルの嘲笑（ちょうしょう）が聞こえた気がした。

「……ごめんなさい。前の修騎士にも、わたしが不作法なせいでさんざん恥をかかせたんだって。なのにわたし、ラースにも同じことをくりかえして。――やっぱり、ラースはわたしの修騎士じゃないって、ちゃんと言ってくる！」

ミルテはくるりときびすを返そうとしたが、止められる。

「よせ。おまえのせいじゃない。俺が皮肉を言ったから、何か言い返してやりたくて目についたものを出しただけだ」

「でも」

「時間がないんじゃなかったのか。あんな奴（やつ）にかかわることこそ、時間の空費だぞ」

「でも……」

迷いながらもラースについていったミルテの耳に、ふと誰かの会話が漏れ聞こえた。

――残念聖女、ってあだ名で。

ミルテがはっと顔をむけると、旅装の騎士と行商人があわてて目をそらせた。

ひとたび気づくと、ほかのところからの声も聞こえてくる。

――よくあんな泉主の修騎士になるものだ。

――希望した泉にことわられたんだろう。

――だからといって泉主があれでは、一角獣も現れるはずがあるまいよ。

泉主にふさわしくない、と聖宮長に遠回しながらも面とむかって指摘されて、ミルテは傷ついた。だが、理想の泉主からはほど遠い自覚がある分、納得もあきらめもあった。もし聖宮長が匙（さじ）を投げて、スノフレイの泉を去らねばならないことになったとしても、何か自分にできるやり方で一角獣に会えるよう頑張ることは、これまでと変わらない。素直にそう思えた。

ただ、それはあくまでも自分ひとりの問題と思っていたからだった。

実際は違った。自分の評判は自分ひとりにとどまらず、そのままスノフレイの泉の修騎士の評判となる。泉主になって修騎士を迎えることの意味を、ミルテは初めて肌で感じた。

自分が残念聖女と呼ばれているから、その修騎士と思われているラースもばかにされる。

(ラースは、わたしに修騎士にしてくれなんて頼んでないのに。無理を言って滞在してもらったのはわたしなのに)

ミルテはきっと眉を逆立て、立ち止まった。

(わたしはいい。でもわたしの修騎士だってみんなに誤解されたままだったら、ラースがずっと恥をかくことになる)

リシャルもまだいるかもしれない。ふりかえり、広場じゅうに届く声で叫ぼうと息を吸う。

その直後、ラースの凛とした声が広場に響きわたった。

「わが師に思うことがあるなら、堂々と俺に言え！　相手になってやる。それができない卑怯者は、こそこそと陰口を叩かず黙っていろ」

ミルテはあっけにとられて、ぽかんとラースを見あげた。

「行くぞ」

ラースはまた歩きだした。ミルテはあわてて並んだ。

「あの、ラース、いま」

白亜の小塔が立ちならぶ森の奥へとつづく道だけを見つめながら、ラースは言った。

「上品ぶったところで、騎士は単純だ。強い者が偉い。ああ言われてまだ言ってくる者がいたら、そのときは心根を叩きなおしてやるから、スノフレイの泉の修騎士にしてやればいい」

ラースは本心を隠して作法どおりにふるまえる。リシャルと密約をかわしたサクリーナに内心幻滅していたときでも、公にはわが師と彼女に呼びかけていた。いまも陰口を黙らせるために同じことをしただけだとは思いつつ、ミルテはそれでも言わずにはいられなかった。

「でもラースは、スノフレイの泉の修騎士じゃないのに。あれじゃますます誤解される」

「おまえのせいだろうが」

　彼の横顔は、どう見ても怒っているようにしか見えない。

「俺だって、こんなうそは言いたくなかったからリシャルを避けたんだ。だが、修騎士でもなんでもない居候を置いていると大声で叫ぶ泉主がいたら、そのほうがよっぽど問題だ」

「えっ、なんで言おうとしてたことがわかったの!?」

「おまえがいかにもやりそうなことだからな」

　ラースはミルテに顔をむけた。燃えさかる炎のようなその金朱の両眼（りょうがん）を少しも怖いと思わなくなっている自分を、ミルテはぼんやり意識した。

「おまえと俺が、修騎士じゃないとわかっていればいい。ほかの者にまでそうだと触れまわる必要はない」

「でもそれじゃ、わたしのせいでラースに恥をかかせ」

「俺は恥とは思わない。この話は終わりだ」

　ミルテの反論をばっさり斬（き）って捨て、ラースはまた前をむいた。

「……ありがとう、ラース」

またラースに助けられてしまった。ちっとも泉主らしくない自分、そうできない自分が、ミルテは初めて心の底からいやになった。

「ごめんなさい――」

せめてしっかりあやまりたいのに、いまにもとぎれそうな声しか出てこない。

「やめろ。この話は終わりだって言っ――」

いらだった口調のラースが、ミルテを二度見してぎょっとして言葉を失う。

ミルテはそこで、自分がぽろぽろ涙をこぼしていることに気がついた。泣きそうだと思ったことはいくらでもある。実際に泣いてしまったときもある。だが、こんなふうに勝手に涙が出てきた記憶はない。ミルテはうろたえ、急いで目をぬぐう。

「あ、わ、これ違う。さっき聖宮長さまたちと話してて、たぶんそれが残ってて、だから」

ラースは困惑しきっていた。ほとんどおびえているのと変わらないほど慎重に、低い声で訊いてくる。

「何を、話したんだ？」

「気にしないで……って言っても、説得力ないよね、ごめんなさい」

涙が止まらない。ミルテは足を止め、顔をごしごし両手でこすった。つぶった目尻をおもいきりひっぱると、ようやく収まってきた気がした。ふうっと息をつく。

「よけいなことをするなって、聖宮長さまと騎士団長さまに言われて。普通にしてるだけでいい、それ以外はするな、って。図書室の資料もあさっちゃいけないし、足跡を探すような真似もしちゃいけない。わたしが自分で考えてすることは全部、泉主がやっちゃいけないことなんだって。普通でいるって難しいね」

そうっと目をあけると、なんとか涙は止まっていた。念のためもう一度ぎゅっと目を押さえてから、ミルテは顔をあげた。笑顔を作る。

「そうだ、だからこれもあやまらなくちゃいけないって思ってたんだ。わたし、ラースには絶対に一角獣騎士になってもらいたいって思って、この二か月のあいだになってもらおうって決めてたんだけど、もしかしたらその前に泉主を辞めさせられるかも」

言ってしまったあとで、これは笑顔で言うべき内容ではなかったと気がついた。だがそれ以外の顔は作れなかった。ミルテはうつむき、歩きだした。

さりげなく横に並んでくれたラースの気配に、ほっとする。

「よけいなことを考えるなって言われても、わたしはどうしても考えちゃうから。聖宮長さまも、そのうち我慢できなくなるかもしれない。――でも、泉主じゃなくても、あの一角獣には会えるかもしれないよね。ラースだって、あの子は、この森じゃないところにいる可能性が高いって言ってたし。だから、森を出たって会えるかもしれない」

「……会えるといいな」

無責任なきれいごとは言わない、不器用な彼の言葉が心にしみてくる。今度は泣きそうだというはっきりした予感があって、ミルテはぐっと口の端を持ちあげて、声を張りあげる。

「そうだね！　もし森を出ることになったら、ベルゼリアに雇ってもらって、お金を貯めて、いろんな国に探しに行くんだ。セフェイル帝国にも行けたら行くから、そうしたらラースを訪ねてもいい？　連れてってもらうんじゃなくて自分で行くんだから、いいよね」

隣のラースが息を呑んだ。ミルテははっと気づき、笑いとばした。

「あっそっか、そうだった。ラースは帝子だもんね。いくら暇があったって、庶民が簡単に会えるわけなかった。ごめんなさい、無茶言って」

ひとりきりで丘にいた、あたたかなものがすべて消えたあの夜の記憶が重なった。

それでも——ミルテは拳を胸に置く。

（わたしは、ひとりじゃなかったんだから）

父母の思い出も、ベルゼリアの思い出も、同僚の見習い聖女たちの思い出も、スノフレイの泉の修騎士たちの思い出も、濃淡さまざまにミルテのなかに残っている。そしていまそのどれよりもあざやかに、ラースの思い出がこうして並んで歩く一瞬一瞬のあいだに刻まれていく。

ラースからたくさんのことを教わった。人のつらさを自分のもののように思う経験、同じものをめざしていた喜び、助けてもらえる心強さ、好意を自覚したくすぐったいような気恥ずかしさ、心が離れていくと感じたときの悲しみ、食卓をともにして笑いあう楽しさ。

いつかまた今日のように吹き抜けていく風を感じたとき、小鳥のさえずりを耳にしたとき、きらきら輝く木漏れ日を見たとき、きっとその全部を思いだせる。

「セフェイル帝国のお城には、一角獣のつづれ織りがあるんだよね。それを見たら、たまにはわたしが一角獣に会えるよう祈ってね。もし本物が先にそっちに現れたら、わたしにいつか会いに来てって伝えて」

そっと肩に手が触れた。

その手がそうするまでさんざん宙で迷っていたことを、ミルテは知らない。自分を見ないように、あるいは見られないようにそむけられた、ラースの顔も知らない。ただ肩に触れる手のひらのあたたかさだけがわかって、泣きたくなるほど心が震えた。

「……ありがとう」

本当に泣いてしまってまたラースを困らせないよう、ミルテは前をむいたまま感謝する。

「でも辞めさせられるまでは、わたしはまだスノフレイの泉主だから。やれることを、最後までやる」

ラースは答えなかった。だが肩に彼のあたたかさを感じるだけで、ミルテには充分だった。

白亜の小塔が縁取る道の先に、スノフレイの泉が見えてきた。

「これから手持ちの資料を読みなおして、明日は今日撒いた餌を見に行って、それから――」

ミルテの呼吸が止まった。

スノフレイの泉のほとり、蜂蜜色の日の光のなか。

静かな銀色に輝く獣がいた。

軽やかに風に流れるたてがみと尾、すらりとしながらも力強い四肢。額には、天へと伸びる一本の角が生えている。

「――一角獣……」

ミルテはあえぐようにつぶやいた。

「え、なんで……でも、あのときの……あの子……」

体は純白というよりも灰白。ふたりを見つめる大きな目は、青空ではなく夜空の色をしていた。その目に吸い寄せられるように、ミルテはふらふらと近づいた。

一角獣が体を揺らし、正面にむきなおった。しなやかな耳にぐっと力が入り、前脚の双蹄が地面を蹴り起こして草が散った。鼻面が地面に近づく。

「危ない！」

ラースがあわててミルテをつかんで引き戻す。

ミルテめがけて突進した一角獣はすんでのところで止まると、見せつけるように一角を振り立て、悠然ともとの位置に戻った。そしてまた正面をむき、前脚で地面を蹴って見せた。

ミルテは呆然とした。

「どうして」

姿形はあの夜のやさしい一角獣そのままなのに、目の前の獣がむけてくるのは敵意だった。

自分から鼻面を寄せてくるどころか、ミルテを拒んで鋭い一角で突き刺そうとしてきた。

ずっと夢見てきたことが、似て非なる最悪の形で実現してしまった。今日いやになるほど思い知らされた事実が、否応(いやおう)なく重くのしかかる。それ以外に原因は考えられない。

(わたしが、ちゃんとした泉主じゃないから)

絶望で体が震えた。それでも立っていられたのは、ラースが抱きよせてくれていたからだったが、ひたすら一角獣を見つめていたミルテは気づいていなかった。

「わたし――やっぱり間違ってた――？」

ひきつる唇で問いかけても、一角獣は、次の攻撃を予告するように頭を下げただけだった。

「ここにいろ」

ラースの手がゆっくり離れ、ミルテは自然とその場にへたりこんだ。

「絶対に動くな。こいつは、ほかの一角獣とは全然違う」

一角獣を見据えたまま、ラースは背負袋を肩から下ろした。片手にそれを持って獣の視線を引きつけながら、じりじりとミルテから離れていく。

彼の動きにつれて一角獣も前脚を移動させ、ラースに一角の狙(ねら)いをつける。

ミルテははたとわれに返った。怒れる獣を刺激しないよう、静かに立ちあがった。

「だめ、一角獣から離れて、ラース」

ラースが、獣から目を離さずに言い返してくる。

「いいからそこにいろ。野馬を馴らした経験は？　暴れ牛は？」

「え、そ、そんなのあるわけない」

「だったら邪魔をするな。こいつは、こちらの力を測っている。おまえじゃ無理だ」

「じゃあ野馬も暴れ牛も関係ない。それこそ、泉主の務めだから」

ミルテは首にかけた金鎖に手をやる。自分がちゃんとした泉主でなくても、泉主の最大のこの務めをきちんと果たせなくても、その情けなさはまだ受け入れられる。だが、何もせずに務めから逃げだす泉主にだけはなりたくない。

「下がるのはラースのほう。ここはスノフレイの泉で、わたしは泉主だから。わたしが一角獣に金鎖をかける」

ラースの口もとに笑みが浮かんだ。

「そうだ、ここはスノフレイの泉だ。だから自ら考えることなく、人に言われるがままに従うわけにはいかない――それでは俺は、わが師の教えにそむくことになる」

え、とミルテはぽかんと目を丸くした。ラースが何を言ったのか、言葉の意味はわかっているのに、彼への理解がともなわない。作法も名目も必要のないこの場所で、彼ははっきりまた言った――わが師、と。

次の瞬間、ラースが一角獣にむかって身を乗りだした。

距離を詰めようとするかのようなその行動に、一角獣が敏感に反応する。耳がぐるりと伏せられ、ラースめがけて突進した。

ミルテはびくっと身をすくめた。研ぎあげた一角に狙われるラースの姿に心が凍りついた。

ラースが背負袋を一角獣の前に投げる。突然現れた障害物に、ほんのわずかに速度が落ちた一角獣の一角をつかみ、すばやく体をいれかえる。

角をつかんだ腕を一角獣の首の側面にただ押しつけただけとしか見えなかったのに、獣の大きな体が傾いた。さらにラースが肘を入れると、一角獣はたまらずどうっと倒れ、ラースに押さえこまれた。

「ラース！」

ミルテは急いで駆けよった。

一角獣の角をしっかとつかんで腕で押さえこんだラースは、獣の夜空の色の瞳に勝利を宣言するように不敵に笑いかけていた。

「大丈夫だ。どうやら本気じゃなかったらしい」

地面に投げだされた獣の四肢がまるで暴れていないことに、ミルテは気づいた。長い尾を地面を叩くように一度振って、その目がいたずらっぽくミルテを見あげてくる。

「……もう、おとなしい？」

「たぶんな」

ラースが注意深く様子を見ながら解放すると、一角獣はさっと首だけを起こした。つい先ほどまでふたりに一角を突きつけていたことなどきれいさっぱり忘れ去ったらしく、ずっと泉のほとりでゆったりと休んでいたかのような顔をしている。

ミルテはそっと一角獣の前にしゃがみ、見つめた。目の色も体の色も、十年前のあの夜ミルテの前に現れた一角獣の記憶とそっくり同じだった。角や体の大きさも、こんな感じだった。成獣しか現れたことのない一角獣は、正確な寿命もわかっていない。彼らは〈盟約〉を結んだ騎士に従い、姿も能力も変わらないまま、数十年ほどして老いた主人よりも早く先立つ。この一角獣が十年前にミルテの前に現れた一角獣という可能性は、極めて高い。

「あなた、だよね?」

一角獣はじっとミルテを見つめ返した。ミルテはそうっと手をさしのべた。

「また、会いに来てくれたの?」

一角獣は、ミルテの手に軽く鼻面をこすりつけた。

笑っているのに泣いているようなふしぎな表情を自分が浮かべたことも、ラースがそんな自分をやわらかな微笑で見守っていたことも、ミルテはまるで気づかない。

「ありがとう。あのときあなたが連れてきてくれたおかげで、わたし、ここで暮らせたよ。もう一度あなたに会いたくて、たくさん、いろんなことを学んで——結局こんな泉主にしかなれなかったけど、でもあなたは会いに来てくれたんだ」

一角獣の鼻面をさすった手のひらに感じるあたたかさも、あの夜に感じたものだった。

「よかったな」

「うん――」

幸せに包まれていっそう微笑んだミルテは、そこでラースの感想をまだ聞いていないことに思い至った。ふりあおぐ。

「ラースは、どう思う？　昔会った子と同じ？」

彼は一角獣に目をやった。

「断言はできないが、よく似てはいる」

ミルテはほっとした。

「よかった。じゃあこれで、みんなかなったね」

一角獣に金鎖をかけ、一角聖宮に連れていって〈盟約〉の儀式をすませて、ラースを一角獣騎士にする――その最初の手順として、ミルテは自分の首から金鎖をはずし、くつろぎきっている一角獣にかけた。

すると一角獣は自分にかけられた細い鎖をちらりと見、鼻を近づけて匂(にお)いを嗅ぐと、今度はどことなく冷ややかな目でミルテを見た。

見られたミルテはうろたえて、またラースを見た。

「な、なんか違う、よね。泉主が一角獣に金鎖をかけるって、こういう感じじゃないよね？」

ラースはうなずいた。

「違うな」

「だよね……やっぱり、さっきラースじゃなくてわたしがやるべきだったんじゃ」

「おまえにできたと思うのか？」

「う」

ミルテはおそるおそる一角獣にむきなおった。

「ね、わたしはともかく、ラースの力はわかったよね？　じゃあラースと〈盟約〉を結べるよね。それには一応、儀式があって、そのとき金鎖が必要で――うあ」

わずらわしげに金鎖をくわえてぽいと捨てた一角獣に、ミルテはうめいた。

ラースが小さく吹きだした。

「だめだな、これは。こいつにやる気がまったくない」

「どうしよう」

「念のため言っておくが、俺も〈盟約〉なんて結ぶ気はないぞ」

おだやかなラースの声に、ミルテは今度はぎょっとして彼を見た。

ラースは肩をすくめた。一見軽いその仕草には、ゆるぎない決意がひそんでいた。

「俺は修騎士じゃないって、さんざん言っていたはずだ」

「え、でも、一角獣騎士になるなら一角獣はこの子がいいって」

「なるなら、な。俺はならない。この森も一角獣騎士団も嫌いなのに、死ぬまで関わらなきゃならない一角獣騎士になるわけがないだろう。こいつに一番会いたがっていたのはおまえで、一緒にいたがっていたのもおまえだ。だからおまえがなればいい」

夢見てきた願いが、いま目の前にある。ミルテは息を呑んだ。

「……だめ」

だが、ミルテはかぶりを振った。

「わたしはなれない。この子が認めたのは、ラースだもの」

「妙なところで意地を張るな。泉主を辞めさせられるかもしれないんだろう？　だったらそれも合わせてちょうどいい、一角獣騎士になって堂々と森を出ていけばいい。そうやって、故郷の街に行ってみるのもいいんじゃないか」

どきりと胸がうずいた。ラースがおそろしく的確に自分の弱味をえぐってくることに動揺しながら、同時にどこかであたたかい気持ちになる。こんなにも自分を理解してくれているラースへの感謝と、だからこそ彼にこの一角獣を任せたいという強い願いがこみあげる。

「一角獣騎士なんて、わたしには務まらない。それに」

ミルテはきっと決意を込めてラースを見つめた。立ちあがる。

「さっき聞いたから。ラースが自分で言ったんだからね」

「何を」

「わたしのこと――わが師、って」

自分で自分をそう言うのはおこがましく、彼にそう言われたことも気恥ずかしく、ミルテは顔を真っ赤にした。

「ということで、ラースはもうスノフレイの泉の修騎士だから！　一角聖宮に一角獣出現を報告して〈盟約〉の儀式をすませたら、誰がなんと言っても一角獣騎士だから！」

だがラースはあっさり答えた。

「悪いな、あれもうそだ。おまえに邪魔されたくなかったからな」

うそと知ってますます赤くなったミルテを、彼は同情の視線で見てきた。それがいっそう羞恥心をあおりたてて、ミルテはたちくらみを起こしそうになった。

「一般的な人間は、うそをつくのが普通だからな？　簡単に信じるなよ」

ラースは軽くあごを動かして、一角獣を示した。

「それに、こいつを一角聖宮へ連れていって〈盟約〉の儀式なんて、無理だろう」

ミルテは一角獣を見た。一角獣はあからさまにやる気がなさそうに、あくびをした。

ラースがふと地面に視線を動かし、そちらへ行って戻ってくる。

「また落としたぞ」

そう言って、ミルテの髪についていたはずの白い花を挿しなおしてくれた。髪に感じる器用な彼の指先がやさしくて、ミルテはなぜか悲しくなった。

「……でも……」

　ぽろりとひと言、口からこぼれたきり、あとがつづかない。自分が仲立ちをする〈盟約〉を、ラースにも一角獣にも拒まれた。これ以上どうしたらいいかわからなかった。

「とりあえず、居候だな」

　ラースが苦笑まじりの息をついた。

「え？」

「金鎖もかけられないし、〈盟約〉を結ぶ気もない一角獣なんて、ただの居候だろうが。まあ俺がもう居候でいるんだ、こいつも居候になったっていいだろう？」

　ミルテはもう一度、一角獣を見た。居候、という新たな考えがとても楽しく思えてきて、くすっと笑ってしまう。

「うん、それは全然」

「だったらとりあえず、この居候に名前をつけたらどうだ？」

「え――えっと、じゃあ、この子」

「……それは名前なのか？」

「だってそんな、急に言われても思いつかない。ラースは？」

「もし俺がつけるなら、シュルケあたりかな」

「シュルケ、って東方語？」

「ああ。『灰色の奴』みたいな意味だ」

「……見たまんまだよね？」

「だったらエジ」

「それは？」

「『一頭目』」

「……そのまんまだよね？」

ラースはむすっとした。

「おまえよりはましだと思うぞ。まあいい、この子、にするか？」

「……それはやっぱりちょっと」

ミルテは一角獣に顔をむけた。

「あなたの名前、シュルケ、ってどう？」

ぶるる、と一角獣は軽く鼻を鳴らした。同意したように思えて、ミルテは笑った。

「じゃあ、シュルケね」

一角獣が立って、ミルテの顔に顔をこすりつけてきた。次いでラースにも同じようにする。

「気に入ったか。そうだよな、簡単でわかりやすくていい名前だろう。シュルケ」

ラースが笑って一角獣の首を軽く叩く。その顔を見あげて耳のつけねをくすぐり、首から肩へと叩いていって、前脚に手をそえてやさしくさすった。

「どのみちいまから一角聖宮に引き返したら、日没だしな。普通と違うことを一から始めさせるには、あんまりいい時間じゃない。——こらシュルケ、よせ」

頭にじゃれつこうとしたシュルケの鼻面を軽く押さえて、ラースは腹から背へと移した手をすべらせる。しなやかな曲線を描く体の毛並みがなでつけられて、銀色の輝きが増した。

「そっか。儀式はともかく、聖宮長さまに説明して、相談しないと」

ミルテはため息をついた。今日のうちにもう一度聖宮長に会って話すと考えただけで、どっと疲れる。できれば今日はこのまま休んで、明日気持ちも新たに出かけたかった。

「あ、でも。明日の朝になっても、シュルケはまだいてくれるかな」

その点は不安だった。あまりに突然現れた分、いきなりいなくなってしまってもおかしくない気がしてしまう。

ラースがふりむいた。その肩に乗ってきたシュルケの鼻面を、彼は抱えるようになでた。

「いると思うがな。心配なら、今晩は俺がこいつを見ておく」

§　§　§

一角獣はのんびりと、泉のほとりにたたずんでいた。森の梢の上にまで昇った月の光が、その体を銀色に輝かせている。

野宿用に丈長のマントをはおって外に出たラースは、惚れ惚れとその姿に見とれた。セフェイル帝国で最高の馬として珍重される野馬も、この一角獣にはかなわない。しなやかで強靭な筋肉は疲れ知らずで、どこまでも駆けていけるに違いない。

「シュルケ」

つけられたばかりの名前ももうおぼえたらしく、一角獣はたてがみを揺らしてやってきた。

「おまえ、結構人なつこいな。なのに最初のあれは、なんの試験だったんだ？」

尋ねつつも、なんとなくこの一角獣の気持ちはわかる気がする。

もし自分が泉主の仲立ちで騎士とつきあわねばならない生き物だとしたら、泉主の判断で与えられるだけの相手よりも、やはり自分で納得のいく相手を選びたいと思っただろう。そもそもその泉主自身も、信頼できる人物かどうか確かめたいと思ったことだろう。

「一角獣とはかくあるもの、なんて常識は、おまえには通用しないんだな。まったく、スノフレイの泉にふさわしい奴だ」

シュルケは、いたずらっぽい目でラースを見つめた。ラースはその鼻面をなでて苦笑を返した。三歳のころの、遠くともあざやかな記憶が脳裡によみがえる。

母親の棺を載せた牛車からこぼれる葬花を追ってたどりついた無人の荒野で、道に迷った。薄暗くなってきた地面に葬花は見つからず、足が痛み、喉が渇き、空腹で胃がきりきりと痛んだ。たまらず座りこむと、自分より大きな禿鷲がふわりと近くに舞い降りた。

日が落ちて視界もかすみ、幼心に死を感じ、だが恐怖よりもまた母親に会えるという期待を抱いたとき、大きな銀色の獣が角をふりまわして禿鷲を追いはらった。眠るように遠ざかっていく意識のなかで、ラースはじんわり自分を満たしていく獣のあたたかさを感じていた。

「どうせ俺やあいつが逃げたりひるんだりしたら、二度と現れないつもりだったんだろう？随分厳しいな。行き倒れの子供にはやさしいくせに」

その獣が一角獣というもので、西方のカンディカレドの森に行けば会えると教えられたとき、ラースの目標は定まった。ただ、その目標のためにしていた努力が父帝に認められ、帝子に選ばれたのは予想外の出来事だった。兄とも思っていたハーロンサズの願いを自分が奪ったことを知り、帝国の維持と自己の栄達しか頭にない宮廷人たちとのつきあいで心が冷えることも増えたが、それでもあのときの獣とそれが周囲にもたらす価値を思えば、歯を食いしばって前に進めた——憧れつづけた一角獣の森が、宮廷と変わらない場所だったと知るまでは。

「まあ受けとってくれ、賄賂だ」

うやうやしくりんごをさしだすと、シュルケはおいしそうに食べはじめた。

「よし、食べたな。じゃあ俺の頼みをことわるなよ」

まだりんごはないのかと、頭を下げて熱心に匂いを嗅いでいるシュルケの耳にささやく。

「あいつと一緒にいてやってくれ、シュルケ。あいつはおまえと一緒にいたい一心で、人に何を言われようとずっと頑張ってきたんだ。かなえてやってくれ」

シュルケはおもむろにあとじさり、ラースから離れた。考え深げに見つめてくる。

「こら。いま、賄賂を受けとっただろう？」

シュルケはぐるっとラースの背後に回りこむと、鼻面でぐいぐいと押しやってきた。一角獣の気のすむように歩いてやると、家の前にたどりつく。屋根裏部屋の窓の下で、シュルケは顔をそらせて鳴いた。馬のいななきに似て、それよりも低く深く響く声だった。

「おい、やめろ！」

火が苦手なミルテは、いつも夜は早い。今日の疲れと、明日また一角聖宮に出かけて面倒な説得をしなければいけないことを考えれば、早く休ませてやりたい。

ばん、と勢いよく窓が開いて、案の定彼女が顔を出した。

「どうしたの!?」

またシュルケがいなないた。誘いかけるような、楽しげないななきだった。

「なんでもない！　――よせ、やめろ、シュルケ」

端綱どころか、金鎖すらかけられていないシュルケを制御するのは難しい。ラースは長いたてがみに手を巻きつけ、強引にひっぱった。だがシュルケはすっかり遊んでいる態度で首を振り、両の前脚をあげ、そのたびにラースはたてがみをひっぱりなおした。

シュルケのいななきに負けず劣らず、楽しげな笑い声が降ってくる。

「ラースがシュルケと踊ってる。月明かりの下で踊るなんて、妖精みたい」

「は!?」

顔をあげると、ミルテが月光に大きく身を乗りだして笑っていた。

「――いいから窓を閉めて寝ろ。落ちるぞ。ほらシュルケ」

ラースは一角獣の首を強めに叩いた。シュルケは不満げに鼻を鳴らしたが、落ちついた。

本気ではないとはいえ、自分よりはるかに大きい獣の遊びにつきあうのは楽ではない。軽く息を切らしたラースは、シュルケがおとなしくしていることを確認すると、泉に行って水をすくって飲んだ。ついでに頭に水をかけて、草地に足を投げだして座る。

気配がして、すぐうしろにシュルケがごろりと横たわった。もう何年もの習慣のような、ごく自然な雰囲気で、ラースの顔をのぞきこんでくる。

ラースは苦笑した。手をうしろに回して、大きなあたたかい体に背中をあずける。

「まったく、おまえも変わった奴だな」

ふと、シュルケを一生の相棒にできるなら、この森で味わったあらゆる幻滅をすっかり忘れて憧れた一角獣騎士としての人生を送れそうな気がした。騎士のなかの騎士として、自分の大切な人たちを守れる強さを持てるような――。

だがシュルケは一頭しかいない。シュルケとすごせるのは、自分か、ミルテか、どちらかひとりしかいない。それに、自分が一角獣騎士にならなければ、ハーロンサズにその任が授けられる可能性も出る。ふたりのためにひとりが身を引くほうが、計算として合っている。

何よりも、たかが泉主や修騎士や騎士団長のような人びとの態度だけで幻滅するような、そんな弱い自分には夢見た一角獣騎士はふさわしくない。ラースは満月が近い月を見あげた。

「シュルケ、さっき頼んだことをおぼえているよな？」

もともと彼女に呼び止められなければ、彼女があれほど必死でなければ、そして危なっかしいまでに純粋でなければ、自分は森を去っていた。シュルケに出会うことはなかった。

「あいつを頼んだからな」

シュルケが軽く鼻を鳴らした。

「……ずるい」

恨めしげな声にぎくりとしてふりむくと、毛布にくるまったミルテが立っていた。

「ラースだけさっきから楽しそうなことばかりして。わたしだってシュルケと仲よくしたい」

「俺は何も楽しくなかったぞ」

ため息をつきながら、ラースは場所を譲ろうと立ちあがりかけた。

だがその前にシュルケが誘うように尾を振り、ミルテがいそいそと隣に座りこんできた。

「ふふふ、あたたかい」

ミルテは毛布の下で膝をかかえて、満足しきった笑顔になった。毛布から手を出してそうっとシュルケに触れたり、またにんまりと笑ったり、念願の一角獣を堪能（たんのう）することに没頭する彼女を、ラースは無意識にずっと見つめていた。

いきなりミルテが顔をあげた。完全に不意打ちを食らって、ラースは視線をそらせそこねた。心臓がどきりと跳ねた。それでもどうにか、顔には出さずにすんだ。

「なんだ？」

ミルテはしばらくラースを見つめ、眉をひそめた。

「――ラースはやっぱりうそつきだね」

「何が」

「楽しくないわけがないもの」

シュルケの長い尾が振られて、ラースをはたく。ミルテが笑う。

「ほら、シュルケだって言ってる」

ラースは深々とため息をついた。

「勝手に決めつけるな」

以前そんなことを言ったときは、彼女はあやまったような気がしたが、いまは謝罪の気配もない。それどころか、楽しそうに笑った。

おだやかな静寂があたりに満ちた。

「――」

ミルテが言いかけた言葉は、声にならずに夜に消えた。

――ずっと、こうしていられたらいいのに。

聞こえなかったはずのそんな彼女のつぶやきが聞こえたのは、ラース自身も同じことを思っていたからかもしれない。

月がふたりと一頭をやさしく照らす。

ぽつりとミルテが言った。

「……やっぱり、スノフレイの泉の修騎士になってくれないかな？」

彼女の視線が自分をとらえていることは知っていたが、ラースは月を見あげたままでいた。

「修騎士なんて意味ないな。シュルケは〈盟約〉なんて結ばないぞ」

「もしかしたら気が変わるかもしれない。それに、そういうところをちゃんとしておかないと、聖宮長さまたちがまた不満に思うかもしれないから」

彼女らしくなく、まじめに手順を踏もうとしている。よほど今日の小言がこたえたらしい。

彼女の考えや思いを、頭ごなしに否定することを正しさと思いこんでいる聖宮長と一角獣騎士団長に、ラースは自分が破門されたときよりも強い怒りをおぼえた。

「前例第一の事なかれ主義の石頭なんて放(ほう)っておけ。スノフレイの泉のことは、全部おまえの責任なんだろう。だったら、泉主のわたしが居候を預かります、ですむ話だ」

「そのつもりだったけど、わたしがいつまで泉主でいられるかわからないから」

泉主を辞めさせられるのは仮定の話だったはずなのに、ミルテは淡々と、そしてきっぱりと、すでに定まった運命であるかのように言った。

「ラースがスノフレイの泉の修騎士になったら、泉主が替わってもここにいられる。三か月はいるって約束したんだから、そうして。そのあいだにシュルケの気が変わったら、すぐに〈盟約〉を結べるように」

　ラースは厳しい顔をミルテにむけた。

「明日、聖宮長に何を言うつもりなんだ？」

「え、普通のこと」

　ミルテは微笑んだ。

「ちょっと変わった一角獣が現れたから、過去に同じようなことがなかったか記録を調べさせてください、って。シュルケがただの居候だとしても、一角聖宮に報告しないわけにはいかないし。それに、今度は足跡なんかじゃなくて、一角獣そのものが目の前にいるんだもの。聖宮長さまだってさすがに、いろいろ調べて考えてみることを許可してくれると思う」

　そう言いながらも、また否定される覚悟をミルテが固めていることもはっきりわかった。聖宮長に正しいと思ってもらえる確証を持てない上で、彼女は自分が信じることを為そうとしていた。

「……配達の見習い聖女くらいしか、ここには来ないんだ。そのあいだだけでもシュルケを森に隠して、一緒に暮らせばいい」

「そんなのいや。わたしは、シュルケを堂々とさせてあげたい」

ラースは反論の言葉を失った。ミルテの静かな表情も声も、自分の泉にかかわるすべてに責任を負う泉主にふさわしいものだった。

ふと彼女は目を伏せ、それからちらっとラースを見あげた。

「……あの、ね、だから明日、火をつけて煙をあげるのをお願いしてもいいかな」

§　§　§

夜の明けたばかりの森の上に明るい緑色の烽煙（のろし）があがり、新たな一角獣の出現を知った一角聖宮は喜びに包まれた。だがそれがスノフレイの泉からのものだとわかった途端、純粋な喜びにさまざまな雑念がまじりはじめた。

泉から一角聖宮へ移動するのに十分な時間がすぎても、泉主も一角獣も修騎士も現れなかった。そしてスノフレイの泉から帰ってきた配達担当の見習い聖女が泉主のことづけを報告してきたとき、雑念は疑念へと変わった。

――一角獣が現れましたが、金鎖はまだかけられていません。一角聖宮へ連れていく方法を探しています。

泉主からのことづけを伝えた見習い聖女は、スノフレイの泉にはたしかに一角獣がいたと、興奮冷（さ）めやらぬ口調で証言した。立派な角で銀色の、と。

「また、スノフレイの泉なのですか――」

聖宮長フィモーが、こうもままならない自分の運命を嘆くように震えた。

「……もはや、放っておくわけにはいかん」

一角獣騎士団長マトゥが、低くつぶやいた。

第四章　聖女と騎士

「うーん……」

泉のほとりの草地にしゃがみこんで、ミルテは頬杖をついた。

目の前ではシュルケがのんきに寝そべっている。

午前中いっぱい、ミルテはどうにかシュルケを一角聖宮まで連れていけないか苦闘した。

金鎖は昨日同様、わずらわしげに取り去られてしまった。行こうとただ誘うと歩きだしはするのだが、白亜の小塔に縁取られた道まで来ると、ふいっと泉に戻られてしまう。りんご、人参、柔らかな草、蜂蜜、ありとあらゆる食べ物で釣ってみても、やはりそうなった。

「シュルケは、一角聖宮は嫌い？」

見事な一角の下の大きな目が、尋ね返すようにミルテを見つめる。

「まあ……わたしだって、好きってほどじゃないけど」

ミルテはため息をついた。

一角聖宮という存在自体をどうこう思ったことはない。図書室に限っていうなら、むしろ喜んで訪ねたい。だが、そこの人びととはそんなに親しくはない。

　森に来た当初、ともに暮らした見習い聖女たちは、ミルテの悪夢癖と火への恐怖心がわかると、気づかいながらも遠巻きにしてきた。泉主になってからかかわりが深くなった聖宮長らは、表面上は作法を守りながらも苦々しい思いがにじんでいた。そして一角獣騎士団の老騎士たちは、一度も一角獣に金鎖をかけたことのないミルテなど眼中になかった。

「でも、我慢してつきあわなきゃいけないときって、やっぱりあるから」

　ミルテはシュルケの絹糸のようなたてがみをなでた。

「わたしも一緒だから、ほんのちょっとだけつきあってくれないかな。聖宮長さまにちょっと会うだけ。それ以外の面倒なことは、全部わたしがやるから。ね？」

　ラースが泉のほとりの家から姿を現した。

「中断して、とりあえず昼食だ。莢豆とベーコンのチーズ焼き」

　くう、とミルテの腹の虫が鳴った。バランシェの修騎士は料理修業もさせられるようで、ミルテの食生活は、朝昼晩の毎回劇的に改善されている。

「ありがとう、いま行く！」

　ラースに声をかけてから、ミルテはシュルケの肩を軽く叩いた。

「じゃ、ちょっとごはんを食べてくるね。考えといて」

　家に入ると、ふわっと料理のかおりがただよってきた。ラースがさっさと長卓に皿を並べている。しっかり火の始末をすませてある暖炉に感謝しながら、ミルテは料理に見入った。

ごろごろと分厚く切られたベーコンとふっくらした莢豆が炒められ、たっぷりかけられた削りチーズはほんのり狐色になっている。隣の皿には、干し果物とナッツ入りのサラダと軽く温めたパン。とん、とすかさず陶のカップが置かれて、冷たい泉の水がそそがれた。

「莢豆はベルゼリアはいつも煮込みにしてたから、これは初めて。でもおいしそう！」

「そうか」

期待以上の味に、ミルテはラースの腕前を絶賛した。ラースは淡々と自分の分を取り分けていたが、まんざらでもなさそうだった。ミルテはこっそりくすくす笑った。

「そうだ、今日は洗い物はしなくていい」

「え、どうして？」

ラースに調理をまかせるかわり、後片づけはミルテが買って出ている。

「夕食は、かなり時間がかかるんだ。片づけながら始めたいから、おまえは外でシュルケと遊んでいてくれ」

また何かおいしい料理が出てきそうでわくわくするが、と同時に微妙な気分になる。

「……それ、今日中にシュルケを一角聖宮まで連れていけるわけないって思ってるよね？」

「おまえじゃなくても、あんな大きな奴を無理やり連れていけるわけがないだろう？」

それはそうだけど、とミルテはため息をついて莢豆を口に入れた。噛むほどに広がるほのかな甘味に、別のため息がこぼれた。気持ちも前向きになってくる。

「じゃあやっぱり、一角聖宮へはわたしひとりで行ってくる。報告の烽煙とことづけだけじゃ、聖宮長さまも困っちゃうだろうから——ラースは待ってて」

気配を察して早口に、一緒に行こうと言われる前に彼を止める。広場で昨日と同じことをくりかえしたくない。

「もうシュルケはここにいるから森には入らないし、それに、時間のかかるっていう夕ごはんも食べたいし、お願い、ありがとう、じゃあそういうことで」

ごちそうさまでした、とミルテは急いで席を立った。

シュルケはゆったりと草地に立っていた。その背に止まった小鳥のつがいが、愛らしい声でさえずっていた。自分が行ったら小鳥を逃がしてしまいそうで、ミルテはしばらくその平和な光景を見守った。

「……正しさの象徴なんて、どうでもいいのに」

シュルケはそんな人間の思想などとはまるで無関係に、自分の意志でそこにいる。

一角獣を象徴に戴いた、清らかで強いものこそが正しいというカンディカレドの森の教えは、そうではないものへの非難を含んでいる。清らかでも強くなければ、間違っている。強くても清らかでなければ、やはり間違っている。

まして、清らかでも強くもない者など——。

いきなり小鳥たちが飛び去った。シュルケがぴくりと耳をそばだてた。

白亜の小塔に縁取られた森の道に、いつになく重々しい大勢の人数の足音が響いてきたのはそのあとだった。

不吉な予感が胸をよぎる。ミルテは道へと駆けだした。

道のむこうから何かがやってくる。

先頭に立つのは、馬に乗った一角獣騎士団長マトゥ・ダユーイ。

そのうしろには、従僕に口取りさせた小馬に横座りに乗った聖宮長フィモー。

彼らに従って、老騎士からその従僕までそろった一隊が整然と歩いてくる。

「――シュルケ」

ほとんど本能的に、ミルテはシュルケをかばうように彼らとのあいだに立った。不吉な予感はさらにふくれて、心臓が鼓動が体中に響いていた。

（どうして聖宮長さまたちがスノフレイの泉に来るの？　何のために？）

日ごろ一角聖宮から出ることのないふたりの訪れは、特別な出来事のまえぶれだった。

マトゥとフィモーの視線がミルテを飛び越え、シュルケを確認する。マトゥは気難しげに顔をしかめてかぶりをふり、フィモーは打ち震えながら悲劇に耐えている。

強い確信がミルテを突き動かす。このままでは必ずよくないことが起きる。そうなる前に、この流れを変えなければならない。

「聖宮長さま！　このとおり、スノフレイの泉に一角獣が現れました」

まずはシュルケについてフィモーの承認をとりつけようと、ミルテは声を張りあげた。

「わたしの力およばず、一角聖宮に連れていけなかったことはお詫(わ)びします。ですが必ず、一角聖宮へ連れていきます。もうしばらくわたしに時間をください」

シュルケの隣に並び、鼻面に手を回す。

「必ず一角聖宮へこの一角獣を連れていきます。そして〈盟約〉の儀式を行います」

ミルテの視線は誘われるように家へとむいた。ちょうど外の気配に気づいたらしく、剣をつかんで飛びだしてきたラースと目が合った。ミルテはにこりと彼に微笑(ほほえ)みかけた。彼が状況を把握する前に、フィモーとマトゥに宣言する。

「彼——ラースとともに」

だが彼女らの態度は変わらなかった。

「ミルテ、すぐに離れなさい」

懇願するように弱々しい声で、フィモーが言った。

何を言われたかわからない。ミルテはぽかんとした。

フィモーは恐ろしげにおののきながら、シュルケを指さした。

「それは——偽獣(ぎじゅう)です」

「偽獣……?」

マトゥが横からすばやくフィモーに声をかけた。

「聖宮長どの、清らかなる者たちの長が、穢れた名を口に出すことはありません」

彼は、打って変わって冷ややかな目をミルテにくれた。

「正しき一角獣であれば、清らかなる聖女の前に現れて金鎖を受け、強き騎士と〈盟約〉を結ぶもの。そうでないその獣は、一角獣に似て非なる獣、偽獣と呼ばずになんと呼ぶ。正しさを装って聖女をたぶらかし騎士の心を蝕む、災いの獣だ」

マトゥの断罪を、ミルテは呆然と聞いていた。ラースがいつの間にか自分とシュルケを守るように立ち、鋭い視線を騎士団長にむけていたことにも気づかなかった。それでも無意識のうちに、ミルテの手はラースの上着の裾をつかんでいた。彼にすがるように、あるいは彼を止めるように。

「先代の泉主のころから、このスノフレイの泉は問題がつづいていた。偽獣の災いは、表に現れぬところですでに起きていたのだ」

断罪がベルゼリアにまでおよんだところで、ミルテははっと声をあげる。

「問題って、ベルゼリアはそんなことは起こしてません！」

「おまえが知らないだけだ。スノフレイの先代泉主は、一角獣に見放されたわが身を省みることなく、ほかの清らかな泉主を妬み、貶めようとしていた。いま思えばその心はすでに、偽獣にたぶらかされはじめていたのだ」

「違います！　ベルゼリアはそんなことしない！」

「そしておまえだ」

おのれを信じて動じることのないマトゥの顔は、のっぺりとした岩のようだった。

「先代泉主同様、わが身を省みることなく問題の本質から目をそむけ、原因を外部に求めようとする傲慢(ごうまん)さ。清らかさとはほど遠い者を、これ以上見すごしては、この森そのものまでもが穢される。偽獣を殺処分したあとは、改めて泉主の資質を問う」

ミルテはこぼれ落ちそうなほど目をみはった。

（――シュルケを殺処分――）

自分への処分は聞こえなかった。ミルテのすべてをその恐怖が占めていた。

マトゥが従えている一団の装備が、急に目に飛びこんでくる。老いたりとはいえどもたくましい老騎士たちが持つのは、抜き身の穂先をきらめかせた槍(やり)。その従僕たちが携えているのは、網や弓や投石器だった。獣を傷つけ、しとめるための武器だった。

ミルテは、ラースがすぐそばにいることを疑問にも思わず頼んだ。

「お願い、逃げてラース。シュルケを連れて」

ラースはひと言で答えた。

「ことわる」

彼はふりむきもしなかった。ミルテは一瞬、ラースがシュルケを差しだそうとしているのかと絶望した。だが彼はすぐさま言葉をつづけた。

「ミルテもだ。おまえたちをあいつらには渡さない」

初めてミルテは、彼の声で自分の名を聞いた。

こんな状況だというのに、心をあたたかなものがひたしていく。そんな自分にあきれて笑いたくなるのと同時に、急に頭が冴えわたっていく。ミルテは力強く微笑んだ。

「ありがとう、でも、だからだよ。わたしはきっとこの森を追いだされるから、ラースたちはいまは逃げて。そしてそのとき迎えに来て――シュルケ、こっち！」

ミルテはさっと家へと身をひるがえした。軽やかにシュルケがついてきた。走ることを想定していない薄白絹の長衣だが、ミルテは慣れている。脚を邪魔する裾を跳ねあげて、さっと家に飛びこんだ。

「シュルケ、そこで待ってて！」

居間の棚の薬香油の瓶を取り、木の階段へとぶちまける。そして暖炉へと目を走らせる。鍋がかかった暖炉には、金朱色の炎がちろちろと燃えていた。

血の気がすうっと失せて、体が勝手に震えはじめる。かちかちとかすかな音が自分の歯から聞こえてくる。いまにも膝が崩れ落ちそうになる。

「――やるの！」

ミルテは自分の膝を叩いた。よろよろと暖炉に近づき、震える手で何度もつかみそこねながら、薪を拾いあげた。そして階段へと投げつけた。

ぼっと薪の火がふくれあがり、撒かれた油にそって火が走る。

だが、ミルテはそれを見ていない。何が起きたか、見られない。残った薬香油を瓶ごと暖炉に投げ入れて、顔をそむけたところで力尽きてぺたりと座りこんだ。一気に燃えあがった炎の熱を頬に感じながらも動けなかった。

「何をやっているんだ！」

「ラース……」

腕をつかまれてひっぱりあげられる。ミルテは見あげた。

彼の両眼は燃えさかる炎と同じ金朱色なのに、見るとふしぎと体に力が戻ってきた。

「逃げて」

もう一度頼む。

「火事で、みんなシュルケどころじゃなくなる。だからいまのうちに、早く」

ミルテは両手をさしのべてラースの頬をひきよせ、額にそっと口づけた。

「――信じて待ってるから。いまは逃げて」

ラースは間近にミルテを見つめながら、ぐっと口を引き結んだ。心の底から怒っているような、そのくせひどくつらそうな顔だった。ぼんやりと遠く、ミルテは考えた。

（あの火事のとき、わたしもこんな顔をしたのかな）

たぶん違う、とミルテは思った。あのときの自分は何もわかっていなかった。

「……待っていろ」

ラースの指がミルテの髪をまさぐり、花を取っていった。彼はミルテを抱きかかえて家の外まで連れだすと、シュルケのたてがみをつかんで森へと消えた。

ほっと彼らを見送りながら、ミルテは火事に気づいて始まった大騒ぎを背中で聞いていた。

「待てるあいだは……待つね」

真実とうそとが交じりあう。

ふたりに逃げてと願っているのは本当。信じているのも本当。

迎えに来てと言ったのはうそ。追いだされると言ったのも、うそ。

立場上は聖宮長を上に戴くとはいえ、泉主は自分の泉に関しては絶対的な権限を持つ。しかしこれだけの騒ぎを起こして、もちろん小言ですむとは思っていない。

聖宮長フィモーと一角獣騎士団長マトゥがどう処分するつもりなのか、まったく見当もつかない。両者とも前例のない出来事を嫌う人物だったが、偽獣という聞き慣れない言葉を持ちだし、殺処分とまで言いだした。となるとミルテの処分に関しても、新しい手段を採るだろう。制度を改め泉主を辞めさせるのは当然として、その後どうするのか。

（どうでもいい……）

今度こそ全身の力が抜けて、ミルテはくたくたとその場に倒れ伏した。それでも顔は自然と微笑んでいた。

差し迫った危険からシュルケを助けるためには、ラースに託し、ふたりを逃がす方法しか思いつけなかった。自分の未来がどうなろうと、ふたりが無事ならミルテはそれで満足だった。

§　§　§

一角聖宮に牢はない。そんなものを必要とする罪人などこの聖なる森にはありえない、とされている。

そのありえない存在になったミルテは、一角聖宮主館はずれの物置に入れられた。積んだ壁石がむき出しの殺風景な壁に、顔も出ないほど小さな窓がぽつんとひとつ開けられただけの、暗い空間だった。そこに埃をかぶった雑多な物がごちゃごちゃと置かれている。

さすがに一角獣に関連した物がないか探す気にはなれなくて、ミルテはできるだけ体を小さくして床に座っていた。壁はひやりとして長衣が湿りそうな気がし、腹を空かせたねずみや虫が出てきそうでもあった。

（逃げられたかな――逃げられたよね――）

急峻な岩山に囲まれたカンディカレドの森から出るには、一角聖宮前の広場を通る以外は難しい。スノフレイの泉の火事で、さすがの広場も少しは人の目がそれたとは思うが、ラースとシュルケはうまくそのすきに抜けだすことができただろうか。

(大丈夫かな――シュルケはあの角で目立つし、ラースだって何も持ってないし)

心配でしかたがない。心の動揺そのままに、ミルテは膝を抱えたままそわそわと揺れた。

足音が近づいてきて、扉の前で止まった。

「元気かしら、ミルテ？」

美しく澄んだ声は間違えようがない。ミルテは驚いて彼女の名を呼んだ。

「――サクリーナ!?」

彼女がなぜこんなところに来たのか、ミルテはいぶかしんだ。

「一角聖宮じゅうがあなたの話でもちきりよ。あなたって、本当にばかね」

サクリーナは容赦なく断定した。

「泉主のふるまいなんて、うるさく言われているじゃない。それだけをこなせばいいのに、どうしてよけいなことに手を出すの？　だから偽獣とかいうおかしな一角獣が出てくるのよ。素直にわたしに憧れて、できないなりに真似てみせればよかったの。そうしたら少なくとも、こんなことにはなっていないわ」

サクリーナの言葉は、この森の最善手なのだろう。聖宮長フィモーが言う「正しき道に通じる清らかさ」なのだろう。だがそれは、ミルテが歩みたい道、めざしたいものとは違っていた。

ミルテはきっと眉間に力を込めた。

「そうだね。でもそうしてたら、わたしはスノフレイの泉主にはなれなかった」

おそらくそれは、ベルゼリアも一角聖宮から強いられた道だった。だが、彼女が歩むわけもない道だった。いま思えば、彼女は唯一の正解以外を認めない一角聖宮への抗議として、森の外へ出たに違いない。そしてミルテにスノフレイの泉を託してくれた。

（スノフレイの泉主でなかったら、ラースにもシュルケにも会えなかったはずだから――）

サクリーナはあきれたように吐息をこぼした。

「おばかさんにはおばかさんの幸せがあるものね。わたしには到底、幸せには見えないけれど。ねえ、知っていたかしら？　わたしね、あなたのことが大嫌いだったの」

サクリーナはくすくす笑った。

「みんなわたしを理想の泉主だって褒めて、泉主も聖女もこぞって真似ようとしてくれるのに、あなただけはわたしのこと、ちっとも真似ようとしないんですもの」

ミルテは面食らった。

「えっ？　わたし、バランシェの泉を参考にしたくて、訪問をお願いしたのに……でもあなたにことわられて行けなくて、真似したくても真似できなかった」

「泉の真似じゃないわ。わたし自身の真似。全然しなかったでしょう？　ほかの泉主も聖女もそうしてくれるのよ。わたしの髪とか、肌とか、爪とか、仕草とか、話し方とか、表情とか。みんなわたしをうかがって、次は何を真似しようかって一生懸命になってくれるわ」

「だってわたしがあなたを真似たって、どうしようもないから」

　サクリーナの声が険悪な響きを帯びた。

「そう言って、自分はわたしとは違うって思って満足していたでしょう？　自分こそが一角獣を追い求める清らかな聖女だって」

「え――え？」

　本気でわけがわからない。自分は彼女のような清らかさに欠けるという自覚があるからこそ、ほかのところで補おうとしていただけなのに、サクリーナにはまるで逆に見えていたらしい。

「ベルゼリアだってそうだった。聖宮長や騎士団長がわたしを評価することを、よく思っていなかった。あの人はこっそりわたしを蔑んでいたわ。自分のほうがずっと清らかだって、わたしをばかにしていたのよ」

　サクリーナの声が低く沈んでいく。

「賢い泉主、って呼ばれて得意になっていたんでしょう？　だからわたしの本性だって見抜いたって思っていたんでしょう？　わたしが表だけ取りつくろっているって。そんな見せかけに騙されるなって」

「ね、何を言ってるの？　わたし、ベルゼリアからそんな話は一度も聞いたことない」

「わたしだって、ここに来たくて来たんじゃないわ。再婚する母に実家に置いていかれた、行き場のない娘。祖父たちももてあまして、それでここに送られてきただけ。母が生む異父妹は、王や貴族と華やかな結婚をして贅沢な暮らしをするのに、わたしだけこんな森のなか」

サクリーナが自分の言葉を聞いていないことがわかって、ミルテは口をつぐんだ。ただ驚くことしかできない。完璧（かんぺき）な泉主に見えていた彼女の心にこんな恨みが巣くっていたとは、これまで思いもしなかった。

「バランシェの泉主になってふたり一角獣騎士にしたところで、そういえばってやっと気づいたの。修騎士だって国に帰れば、王族や貴族なんだって。だから三人目の一角獣騎士は、あきらめ悪く先代のころからバランシェの泉にいた、三十すぎのおじさんにしてあげたわ。古株だからって先輩面をして、ほかの修騎士の生活をいちいち見張っていたんですもの」

サクリーナの声がまた歌うように明るくなる。

「これでうるさい人がいなくなったから、四人目の一角獣騎士と森を出ようって決めたの。手はずは整って、半年待って、一角獣がやっと現れて」

ミルテはぎくりとした。サクリーナの声が途切れた。

「……ラースに邪魔されたわ」

「あの、あれは」

ツァサの騎士の心得を説明しようとして、ミルテは気づいた。あのときサクリーナがあそこまで激しく怒りを露（あら）わにしたのは、計画を邪魔されたせいもあるだろうが、秘密の恋人との密約に彼女なりの背徳感があったからなのだろう。それと同じ背徳感が、いまこうして彼女に恨みを独白させている。

「本当に気に入らない男。セフェイル帝国の帝子だっていうのに、宮廷暮らしは勧めないって、わたしを蔑みの目で見てきたわ。あなただってラースから、わたしとリシャルとのことを聞いているんでしょう？　そしてわたしを蔑んでいるんでしょう？」

そう思う理由が彼女自身のなかにある以上、どう否定してもサクリーナは納得しない。ミルテは何も言えず、黙るしかない。

「でもおあいにくさま。一角獣はこんなわたしを認めてくれるし、聖宮長もわたしみたいな泉主が好きなのよ。なのにあなたは、わたしを真似ようとしなかった。聖宮長も、わたしを否定するあなたのことは大嫌いだと思うわ」

サクリーナを否定しているつもりはまるでないが、自分が聖宮長に嫌われているのはまぎれもない事実だった。ミルテはやはり黙っていた。

「かわいそう」

サクリーナはまたくすくす笑った。

「あなたがあんまりにもかわいそうすぎるから、ひとつだけ教えてあげてもいいわよ。偽獣のこと、ラースのこと、あなたのこと。どれがいい？」

「えっ――」

これはお願いしないわけにはいかない。だがミルテは迷った。もちろん、自分のことは選択肢にない。シュルケか、ラースか。どちらも同じように気になる。

「ね、ふたつはだめ？　シュルケとラースと、どっちも知りたいから」

「あら、欲張りは清らかではないわ。だめよ」

「そこをなんとか」

「だったら、あなたのことを教えてあげる」

彼女は、ミルテの希望を知った上で打ち砕くことがこの上なく楽しそうだった。

「えっ、待って、だったら――」

「あなたの処分をするために、一角獣騎士招集の烽煙があげられたわ」

一角聖宮からあがる烽煙はカンディカレドの森の急を意味し、各国に中継されてその地の一角獣騎士の代表に集まるようにと命じるものだった。一角獣の脚であれば、近隣の国からなら一両日中（いちりょうじつちゅう）には駆けつける。

「どうなるかしらね。とても楽しいことになりそうよ」

立ち去りそうな気配を察し、ミルテはあわててサクリーナを呼び止めた。

「待って、待って！　お願い、教えて、シュルケとラースはどうなったの!?」

「しょうがないわね」

まるで不気味な楽器を奏でるかのように、扉を指先でかりかりとひっかく音がした。

「喜んで。どの話も、結局は同じですもの」

「えっ!?」

サクリーナは楽しそうに声をはずませた。

「みんな同じ。たぶん、死ぬわ」

ミルテは言葉を失った。

シュルケはわかる。偽獣と呼ばれてカンディカレドの森の危機とされてしまったシュルケは、実際に殺処分されようとしていた。自分もわからなくはない。一角獣騎士招集がかかったからには、泉主にふさわしくない者として相応の処分が下されることは決まっている。

「どうしてラースが……？」

傍目には、彼はまだ一人前の扱いを受けることのない修騎士にすぎない。それがそこまで重い罪に問われるとは、もしかしてシュルケを逃がしたからだろうか。

（じゃあ、またわたしのせいで――）

自分はどこまで彼に迷惑をかけてしまうのか。ぞっと寒気がはいあがってミルテは震えた。

「――待って、いまふたりはどこにいるの!?」

叫んだが、サクリーナはすでに立ち去っていた。

「……ごめんなさい、ラース」

届かない謝罪をつぶやくことしかできない。ミルテは膝を抱えて顔を埋めた。

§　§　§

日が昇ってもなお暗い深い森の木下闇に、銀色の獣の体はかえって目立つ気がした。ラースはマントがないことを呪った。あの丈長のマントがあればシュルケにかぶせ、少しは体を隠すこともできただろう。

「せめて、俺のそばにいろよ」

ラースはシュルケをかばうように首をかかえた。いつも自分の意思がはっきりしている一角獣だが、いまはおとなしく従った。

遠くちらちらと灯が見える。白亜の小塔が並ぶ道しか知らない追っ手たちは、森の闇にひるんでそのへりをうろついている。勇気のある者が踏みこんできたこともあったが、禁忌を破った不安で注意散漫になったのか、ラースがしかけた簡単な罠にあっさりひっかかって、ほうほうの体で撤退していった。

シュルケの角研ぎ場の近くに置いた食料も回収した。逃げるだけなら、まだいくらでも逃げられる。だが、それではなんの解決にもならない。

――信じて待ってるから。

うそつきめ、とラースは一瞬きつく唇を噛みしめた。あれほど火を怖がる彼女が、シュルケのために自ら火事を起こしてまで逃がそうとした。迎えに来てなどという言葉は自分たちを行かせるためだけのもので、実際はまったくそんなことは望んでいないに違いない。

彼女の髪から取ってきた白い花は、さすがに胸もとでしおれはじめている。

「俺のせいなんだろう?」

シュルケがぴくりと耳を動かした。夜空の色の目がラースを見た。

「おまえはたしかに変わった奴だ。でもあいつの金鎖を受けなかったのは、俺がおまえと〈盟約〉を結ぶつもりがないことがわかっていたからなんだろう?」

ツァサ亡国の一角獣騎士の家系に伝わってきた秘話によれば、一角獣は強き騎士の魂を必要としているのだという。彼らはその傍らで一生を送ることで自分の魂を磨き、それがかなったものだけが再生に臨めるのだという。いにしえの一角獣騎士は、自分の一角獣のためにも騎士もまた魂を磨き、心身の強さの高みをめざしつづけることを説いていた。

そんな確かめようもない話を信じているわけではない。だからミルテにも話していない。ただ、シュルケが明確な意思を持って自分たちの前に現れたことは、一角をむけられたとき直観的に悟った。これは一種の〈証しの剣戟〉で、シュルケが自分たちを試すものだった。理由はともかく、一角獣は〈盟約〉を求めているという秘話は正しかったらしい。

なのに悪いな、とラースはシュルケに詫びた。

「ベルゼリアどのはさすがに見抜いた。俺は、ただの臆病者だ。一角獣騎士になっていやな奴らとつきあうだけならまだしも、そんなことのために大切な人たちの願いを奪うなんて、俺は絶対にしたくないんだ」

うつむいて一角獣の首をかかえた手をきつく握り、自分の手のひらに爪を突き立てる。

「――どうして俺なんだ。どうしてハーロンサズを選ばなかったんだ。せめてあいつの――ミルテの横にいてやったっていいだろうが」

シュルケはもちろん何も言わず、ただじっとラースを見つめるだけだった。

しばらく動かなかったラースは、静かに息をついた。

「……いや。あいつは、おまえを堂々とさせてあげたいと言っていたな」

シュルケをひそかにスノフレイの泉の居候（いそうろう）にしようと思えばいくらでもできただろうに、彼女はそうすることを望まなかった。強い心で、一角聖宮に認めさせようとしていた。

顔をあげ、シュルケを見やる。

シュルケが顔をそらせた。その一角が木々のすきまの空を指した。

そこに、烽煙が見えた。

§　§　§

粗末な食事が届けられたが、ミルテは手をつけなかった。次の日も届けられた同じ食事にも、ミルテはやはり手をつけなかった。空腹はまるで感じなかった。

「――出ろ」

冷ややかな声の従僕が、扉を開けた。

外に出たのは二日ぶりだろうか。まだ建物内の廊下だというのにやたらまぶしくて、ミルテは手をあげて目もとをかばった。しゃら、と首にかけた金鎖がかすかに鳴った。結局シュルケにかけられなかった無意味な存在に、おもわず笑ってしまう。

(そういえばこんなの、まだ持ってたんだ)

何も食べていなかったせいか足もとがふらついたが、従僕はまるで気にかけず、先に立って歩いていく。

「遅いぞ、ぐずぐずするな」

ミルテが遅れると、いらだちをそのままぶつけてくる。こうした荒っぽい扱いだけでも、自分の先行きの暗さがわかった。ミルテはもはや泉主と見なされていなかった。

(……まさか本当に、死刑とかあるのかな)

あの聖宮長と一角獣騎士団長がそこまで苛烈な判断ができるのか疑わしいが、頭がぼうっとして、考えようとしてもまとまらない。ミルテはただ、そこにラースとシュルケを見ないことだけを祈って歩いた。

広場に着いた。

大階段の上には聖宮長フィモーと一角獣騎士団長マトゥが、二階の回廊には聖女たちが、そして大階段下には一角獣騎士団の老騎士たちがそろっている。さらにその横には——。

「……わ、たくさん」

ミルテは無感動につぶやいた。

まるで彫像のように身じろぐことなく、端然と首を並べているのは、いずれも純白に輝く一角獣だった。金、銀、宝石を使って騎士たちがそれぞれに工夫を凝らした馬具が、この聖なる獣の壮麗さをいっそう高めている。清らかさと強さが支える正しさを、これほど見事に表すものはない——だが、いまのミルテにとってはどうでもよかった。

その背にまたがる一角獣騎士たちの視線が、ミルテにそそがれる。

——あれでも聖女か。

彼らのなかの誰かの、吐き捨てるような声がかすかに耳に届いた。

（うん、自分でもそう思う）

ミルテは嗤った。ことに物置の埃で薄灰色にくすんだいまの薄白絹の長衣では、程度の低い偽の聖女にしか見えないことだろう。

——よせ。

むしろ、たしなめる声が複数あったことに驚いた。

これだけ多くの一角獣騎士が集まった壮観さに圧倒されてか、一階の回廊に押しこめられた一般人たちは水を打ったように静まりかえっている。そのせいで皮肉なことに、一角聖宮最高の儀式である〈盟約〉よりも、さらに重要な何ごとかが始まりそうな雰囲気だった。

ミルテが広場のただなかに置き去りにされると、大階段上から、聖宮長フィモーが声をかけてきた。

「スノフレイの泉主ミルテ。あなたは泉主といえども許しがたい大罪を犯しました。聖宮長、泉主聖女、一角獣騎士団長、そして一角獣騎士の代表も集まるこの場でその罪を明らかにし、ふさわしい罰を定めたいと思います」

ミルテはぼんやりと、ラースとシュルケの名が呼ばれなかったことに安堵(あんど)した。

先になんらかの処分が行われた様子もない。どうやらサクリーナの意味ありげな言葉は、ミルテを絶望させるためのうそだったらしい。

――一般的な人間は、うそをつくのが普通だからな？　簡単に信じるなよ。

ラースの言葉がよみがえって、ミルテは小さくくすりとした。

(本当だね。また、ラースに教わった)

どん底に突き落とさずにはいられないほどサクリーナが自分を嫌いだったなら、かえって失敗だった。ラースとシュルケが無事だとわかっただけで、ミルテの気持ちは晴れ晴れとしてくる。これから決まる自分の処分など、ささいなことだった。ミルテは口もとに微笑をたたえて、まっすぐに大階段の上を見つめた。

そのとき、聖宮長と騎士団長に、息を切らせた聖女が駆けよった。彼女が何ごとかをささやくと、聖宮長はほんの少しだけ顔をほころばせた。

「――途中ですが、中断いたします。一角聖宮にとって何よりも喜ばしいことがありました。まずはその報告を受けたいと思います」

聖女がまた急ぎ足に去り、ほどなくして森のほうからどよめきが沸きあがってきた。

先頭に立つのは、美しい栗色の髪にあでやかに白い花を飾った泉主。たおやかな手にした華奢な金鎖がきらきらと伸び、その端は一頭の純白の獣にかかっている。そのうしろに端整な修騎士たちがつづく。

サクリーナとバランシェの泉の修騎士たちだった。まさにこのカンディカレドの森を象徴するかのような姿だった。

彼女は大階段の下まで行くと、可憐に呼びかけた。

「失礼いたします。大変重要な場ということはわきまえておりますが、この場をそのような者で穢してしまう前に、栄誉ある儀式をおこなわせてはいただけませんでしょうか」

「ええ、ええ、もちろんです、サクリーナ」

ミルテは従僕に隅へと引きずられた。

儀式が始まる。

大階段の上から、聖宮長フィモーが声をかける。

「バランシェの泉主、サクリーナ。清らかな泉に現れた一角獣の声を、聞くことはかないましたか？」

「はい」

「一角獣は、強き者との〈盟約〉を望みますか？」

「はい」

「では、その者をここへ」

サクリーナはふりむいた。

「――リシャル」

金色の長髪を持つ長身の修騎士が歩み出る。

前回とは異なり、美しい泉主と見事な騎士による儀式は円滑に進んでいく。

「わが一角獣よ、われとともにあらんことを」

最後にリシャルが角に触れながら一角獣に告げ、すべてとどこおりなく終了した。彼はこれで一角獣騎士となった。聖女たちの拍手、そして新たな仲間を迎えた老騎士たちと一角獣騎士たちの顔の前に剣を掲げる剣礼が、彼と彼の師を祝福した。

前回の彼女らの儀式のときよりも近い場所にいながら、ミルテははるか遠い世界の出来事のような気分で、幸せに包まれるバランシエの師弟を眺めていた。

ミルテがそこにいることは当然わかっているはずなのに、サクリーナは相変わらずちらともこちらを見ない。そのことがかえって、サクリーナがこちらを意識していることを印象づける。

自信と満足感にきらきらと輝くその姿を見れば見るほど、ミルテは彼女を哀れに思った。

（かわいそうに。わたしなんかに見せつけないと、満足できないなんて）

完璧で一点の非の打ちどころもない泉主のはずなのに、サクリーナが吹けば飛ぶようなかよわくはかない存在に思えた。ミルテは眉をひそめた。

そんなミルテと正反対に、満足げに微笑んでいた聖宮長フィモーが、ふと悲しげに顔を曇らせた。いかにも気が進まないといったふうに、だが自分は義務から逃げることはないのだという悲壮感にあふれて、弱々しくもけなげに口をひらく。

「――では改めて、スノフレイの泉主ミルテの――」

その瞬間、凛とした声がフィモーの言葉のつづきを奪い取った。

「〈盟約〉の儀式をおこなわせてもらう」

ミルテは呆然とその姿を見守った。

銀色に輝く一角獣と並んで、短い黒髪の騎士がゆっくり広場に入ってくる。その場にいるすべての者の視線を一身に受けながら悠然と、彼はまっすぐミルテの前にやってきた。

ミルテを大階段下に引っ立てようとしていた従僕が、彼の一瞥を受けて、喉がつかえたような悲鳴をあげて後じさる。

ミルテはぽかんと彼を見あげた。

「どうしてここにラースが――また、何かのうそ……？」

ラースはあきれ顔をした。

「なんでそういうおかしな発想になるんだ」

その表情もその返事も、間違いなくラースだった。ミルテはすっかり忘れていた息を入れ、くしゃりと頬をくずした。

「ラース——本当に、ラースだ」

彼も笑みを返し、ミルテの髪にそっと白い花を挿した。

「返す」

火事の最中、彼が自分の髪から花を取っていったことを、ミルテはようやく思いだした。

「うん——」

それをいままでこうして持っていてくれた彼に、ミルテは言葉にできない思いを抱いた。彼にどう言えばいいかわからないまま、髪に戻ってきた花に触れながら、彼を見あげる。目もとにほんのりと熱を感じる。

言葉としては伝えられなくても、ラースが自分の思いをすっかり知ってくれていることを、ミルテは彼のやわらかな微笑に確かめた。

「この花は、泉主の資格を示すものだったな。だったらいまのおまえに必要だ」

「え?」

ラースの顔が鋭さを取り戻した。彼はミルテの前に片膝をついた。

「わが師、〈盟約〉を」

ミルテは目をみはった。今度は自分を見あげてくる金朱の両眼に、迷いを吹っ切った信念をミルテは見た。スノフレイの泉のほとりに手を触れていた、ハーロンサズの姿が脳裡に浮かぶ。今度はミルテが、ラースの思いを知る番だった。

（あなたは、あの人の思いを引き受けたんだね）

自分が身を引くことで大切な人の思いを活かそうとしたのは、ラースのやさしさに間違いない。だからこそ彼は悩み、苦しんだ。たぶんこれからもそうだろう。だがいまの彼の両眼には、そうしたすべてをそっくり責任として背負う強さが宿っていた。

彼の傍らに立つシュルケも、ずっとこうすることを願っていたかのように神妙に、ミルテに首をさしのべてくる。

ミルテは首から金鎖を取り、そっとシュルケの首にかけた。うそのように素直に金鎖をかけられ、万事心得ているとばかりにそのまま膝をついたシュルケにくすりとしてから、金鎖の一方を立ちあがったラースに渡す。ラースがもう片方の手でシュルケの一角に触れる。

「わが一角獣よ、われとともにあらんことを。わが師をともに尊ばんことを」

儀式の常套句のあとに聞いたことのない言葉を聞いて、ミルテは目を丸くした。ふわっと心があたたかくなるのと同時に、こんなよけいなことを言っていいのだろうか、という不安が顔をのぞかせる。だがラースの堂々とした態度と、自分にむけられた力強いまなざしに、そんな不安は跡形もなく消え失せた。

そして、彼の常識破りはこれだけでは終わらなかった。ラースはふりかえった。凛とした声が再び広場に響きわたる。

「この同じ場同じ日に、同じく一角獣騎士となったリシャル・レティエリに、〈証しの剣戟〉を申し入れる」

それまでラースとシュルケの雰囲気に呑まれる一方だった広場が、ざわっとどよめいた。

通常の〈証しの剣戟〉は同門の修騎士間で行われるものであって、一角獣騎士同士が行うようなものではない。

さすがにミルテもあわてた。

「ラース、そんなこと」

ただラースひとりが当然のことのような顔でいる。さらにはその横のシュルケも、リシャルの一角獣をにらみ、前脚を打ち鳴らす。ラースはさらに声を張りあげた。

「わが師、わが一角獣を貶めようとする者たちに挑み、勝利し、われらが正しさを証すのだから、〈証しの剣戟〉にほかならない。騎士は強さによっておのれを証す」

そこに冷笑が浮かんだ。

「――それとも、五本に一本を恐れて逃げるか、リシャル?」

リシャルが憤怒の表情を浮かべた。

「受けて立つ! きさまに真の正しさを教えてやる」

金鎖を器用に鼻面に巻きつけて手綱代わりに、ふたりの騎士は裸馬に等しいそれぞれの一角獣に飛び乗った。腰から剣が抜かれた。

それぞれの一角獣は的確に主の意を汲みとり、互いめがけて突進した。ふたりの騎士の鋼の刃が硬質な光をはじいた。

双方の剣には違いがある。

リシャルの剣は長く、重い。くりだされた一撃をラースがのけぞってかわしたとき、それでもまだ足りずに刃が肩をかすめる。

一方、ラースの剣は鋭く、速い。まだ間はあると見えたその直後に、弧を描いた刃の軌跡がリシャルの長髪を一房切って落とす。

わずかにひるんだリシャルへ、ラースは次の一撃をたたみかける。その刃が、リシャルと一角獣をつなぐ華奢な金鎖をふっつりと断ち切った。

と同時に、双蹄を大地に力強く踏みしめ、シュルケが勢いよく一角を振りあげる。

自身の一角で攻撃を受けたリシャルの一角獣の前脚が浮いた。直後の濁った鈍い音とともに、その額から折れた一角が宙に飛んだ。

「角が!?」

決して折れない一角獣の角が折れた――ありえない光景に、一角獣騎士たちが悲鳴にも似た叫声をあげる。

その直後、角を失った一角獣の口がどこまでも大きくひらいて断末魔の声が響きわたった。

「えっ⁉」

ミルテは信じられない思いで息を呑んだ。

一角獣にはあるはずのない凶悪な牙が誰の目にもわかるほどはっきりと、血の色をした巨大な口のなかに見えた。澄んでいた碧眼も同じ血の色に染まって耳まで裂けた口と同化し、純白だった体が陽炎のように揺らぐ。

と、その姿は空中にかき消え、リシャルはどうっと地面に叩きつけられた。

シュルケは首をそらせて高らかにいななないた。

一角獣騎士たちの叫声が、はっきり悲鳴に変わる。

「うわああ⁉」

ずらりと並んでいた一角獣のうち、一部が跡形もなく消え失せていた。あとにはむなしくも見事な馬具と、情けなく尻餅をついた騎士だけが残された。そんな仲間たちを、一角獣にまたがったままの騎士たちは呆然と見おろした。

「こっ、これは⁉　これは、これは、これは——⁉」

この状況を誰かどうにかしてくれないかとすがる先を探すように、マトゥが大階段の上でおろおろあたりを見まわす。あげく、自分の頬にたてつづけに平手をかましたのは、もしかしたら夢ではないかと思いたかったのだろう。

フィモーにいたっては、童女のようにしくしくと泣きだしていた。

「うろたえるな、聖宮長、騎士団長！」

一階回廊の奥から野次のような叱咤が飛んでくる。

ミルテがはっとしてそちらを見ると、にやりといたずらっぽく笑ってみせたベルゼリアと目が合った。

「裁定を！〈証しの剣戟〉に勝ったのは、そっちの銀色の一角獣たちじゃないか。正しいのは彼らということだ」

§　§　§

一角聖宮から出ると、日はすっかり傾いてあたりは暗くなっていた。日中あれほどの人が集まっていた広場の人影もすっかり絶えている。そして、銀色の月のように輝く一角獣とその傍らに立った一角獣騎士の姿だけがあった。

「……ふうっ」

どう話せばいいのか、言葉が見つからない。ひと息入れて、ミルテは彼らに近づいた。

ラースとシュルケが迎えてくれる。

「どうした？　もうおまえに文句をつける奴なんていないんじゃないのか？」

聖宮長、一角獣騎士団長、そして一角獣騎士たちで持たれた話しあい——その場にイーンの町の薬草屋の女が加わり、しかも一部の一角獣騎士と親しく言葉をかわしていたことは公然の秘密だったが——のあとである。いつになくしおらしいミルテの足取りに、ラースは警戒心を露わに尋ねてきた。

一方でのんきに鼻面をこすりつけてくるシュルケをなでつつ、ミルテは改めて息をついた。

「うん、聖宮長も騎士団長もすっかりおとなしくなっちゃって。っていうか、わたしのことなんてもう頭にないいんじゃないかな」

聖宮長と騎士団長は上座についてはいたが、青ざめた顔で誰とも目を合わせず、ときおり口のなかで運命への呪いをつぶやくばかりだった。

一部の一角獣が一角獣ではない姿になり消え失せる、という前代未聞の大事件は、個人の処分ですませられる話ではない。カンディカレドの森、一角聖宮、一角獣騎士団、一角獣に関わるすべての者とともに、事態を把握し、問題の解決を図らねばならない。この前例のない、当然ながら解決も約束されていない状況に置かれて、彼らはなんの代案も浮かばないどころか、むきあう気力すら失ってしまったらしかった。

本来は議長を務めるべき騎士団長がこの有様とあって、話し合いは一角獣騎士たちが中心となって進められた。まずは一角獣騎士団内の対処からということで、ミルテはベルゼリアとふたり、彼らの話しあいに立ち会った。

自身の一角獣が残った者も消えた者も、等しくその場にはいた。しかし、自身の一角獣が消えた者たちは一様に青ざめた顔をして、ほとんど発言もしなかった。わずかな者が口角泡を飛ばして自分の正当性が失われたわけではないと主張していたが、賛同も否定もない沈黙に押しつぶされるように、そのうち黙りこんでしまった。

そのあと一角獣騎士たちは、まずこれまでの体制を揺るがしかねない非常事態との認識を共有したあと、慎重に話しあいを進め、ミルテたちにも意見を求めた。

「ベルゼリアが、やっぱりラースにもこの場に来てもらうべきだって言ってたんだけど」

たったそれだけのミルテの言葉で、ラースはそうした話しあいの様子を察したらしい。警戒を解いてにやりとする。

「いや、一角獣騎士団の正式な裁定を待つ。騎士としては強い者が偉いとは言っても、もしかしたら正しいのはリシャルのほうで、シュルケと俺は、正しき一角獣に仇なす邪悪の化身なのかもしれないだろう？」

自信があるからこその余裕だった。ラースは傍らのシュルケの肩を叩いた。シュルケも長い尾を振ってラースに応えた。

「ううん、それが――偽獣、って本当に記録にあったんだって」

指摘したのはベルゼリアだった。彼女は図書室の書庫の位置を指定し、図書室担当の聖女に古い資料を持ってこさせた。

それはカンディカレドの森を拓いた姫と騎士たちの次世代のころの記録で、たった一行だが、一角獣に似て非なる偽獣が現れ、人びとを騙したので退治されたとあった。

――聖宮長たちには、こうした危機に関する知識こそよく調べて周知すべきだと言ったんだが。よけいなことをせずに泉主の務めを果たせと、咎められただけだったよ。

進言した知識が思わぬ使われ方をしたことに、ベルゼリアは少し寂しそうだった。

「今回バランシェの泉に現れた一角獣だけじゃなくて、ここに集まった一角獣騎士のなかにも、偽獣はいたから。そうなるとたぶん、各国にいる一角獣のなかにも偽獣はまぎれてる。それを見抜くことから始めないといけないから、ラースがどうしてあの一角獣が偽獣だってわかったのか、確認する必要があるって」

するとラースは困ったように顔をしかめ、髪をかきあげた。

「……いや、ただの私怨なんだが」

ミルテは絶句し、目を丸くした。あれほど堂々と〈証しの剣戟〉を挑んだからには、相応の理由があるものとばかり思っていた。

「追っ手がしていたうわさ話や一角聖宮の招集の烽煙から、おまえに相応の処分が下されようとしていることは知っていた。だがこの森からひとたび邪悪の烙印を捺されたら、追放されたところでどこに行くこともできない。ベルゼリアどのでもかばうのは難しいだろう。だから、その前になんとかするしかないと思った」

やはり最初から、ラースは森の外へ逃げる気はなかったらしい。

「……逃げてくれて、よかったのに」

「その件ならことわったはずだ」

一角獣を一角獣騎士でない者が連れ歩く危険を考えたのだろうが、それでも自分を助けようとしてくれていたラースの気持ちがうれしい。ミルテは彼を見つめて耳をすませた。

「その後バランシエの泉の一角獣出現報告の烽煙があがったのを見て、おまえを助けるには俺たちのほうが正しいと証してみせるしかないと思った。それに、リシャルには大きな借りがある。奴が一角獣騎士になって帰国する前に、返しておきたかった」

「借り？」

ラースは不快そうに目を細めた。

「俺は、借りは必ず返す主義だ。あのときは結局おまえに、俺はスノフレイの泉の修騎士だと言わされたからな。だったら奴の侮辱も見すごしてやる必要はなかったと、ずっと後悔していたんだ。まったくばかなことをした、よっぽど時間を空費した」

あ、とミルテは思いだした。広場でリシャルに不作法を指摘され、ラースを貶められた。なのでせめて彼は自分の修騎士ではないと否定しようとした寸前で、さえぎられた。

「まあその結果、偽獣とかいうものから救ってやったことになったんだ。感謝されてもいいくらいだ」

ラースは軽く鼻を鳴らしたが、ふと表情を改めた。

「――あのふたりは、どうなった？」

ミルテは眉をひそめた。

「うん……。リシャルは頭も打ってたからひと晩様子を見ることになって、サクリーナがずっとつきっきりで看病してる」

「まさか、自分から申し出たのか？」

「何もできないけど、せめてつきそいたいって」

ラースは驚いた顔をした。

サクリーナは眠るリシャルの枕もとに座り、じっと彼を見守りつづけている。ミルテが彼女の食事を運んだときも、その視線はリシャルにむけられたままで、まるでミルテを見ようとしなかった。あえて無視したのではなく、ミルテの存在にまったく気づいていないらしかった。感情をうかがわせない横顔は変わらず美しかったが、急に大人びて見えた。

そうか、とラースはつぶやいた。彼のなかの何か頑なものがひとつほどけたような、小さくも深いつぶやきだった。彼は息をついた。

「まあとにかく。こういうわけだから、どれが偽獣なのかなんて俺にはわからない。ベルゼリアどのにはそう伝えてくれ」

期せずして、ふたりの視線は同時にシュルケにむいた。

「シュルケには、わかってたのかな？」

「どうだろうな」

シュルケはミルテの髪に鼻面をつっこみ、何か隠れていないかと探すかのようにじゃれついている。正邪を見抜く聖なる獣、といった神々しさとはまるでかけはなれたのんきな様子に、ふたりはまた同時に笑った。ミルテは一角獣の首を叩いた。

「やだ、くすぐったいよ、シュルケ」

シュルケは鼻面をひっこめ、ぶるると鼻を鳴らした。

まだ笑みを残しながら、ラースが言った。

「この分だと一角獣騎士団も、裁定を下すまで時間がかかりそうだな」

「そうだね。まだ遠国の一角獣騎士は誰も来てないし、たぶん改めて各地の代表に呼びかけて、全員が集まるのを待ってから、いろいろ話しあうんだと思う」

一角獣騎士たちは、これから延々とつづくことになるであろう大きな試練を予感してか、誰もが厳しい顔になっていた。ミルテは小さく震えた。

ラースにもその程度の予想は簡単についただろうに、彼はそんなことはどうでもよさげな口調で言った。

「じゃあ、それまで俺たちはスノフレイの泉の居候ということでいいんだろう？」

「え」

「え、じゃない。まさか、追いだすつもりか？」

ラースとシュルケとともにすごして、ずっとこうしていられたらいい、と願った夜の記憶がよみがえる。周囲のことを何も考えていない、子供じみて身勝手な、そして絶対に不可能な願いだということはわかっている。だからあのとき、口には出せなかった。それでも混じりけのない本心だった。

ミルテは目をみはり、ぎゅっと口をつぐんだ。そうしなければ、ふさわしい言葉を見つけられないまま何ごとか口走ってしまいそうだった。

そんなミルテの表情を誤解したらしい。ラースは笑みを濃くした。

「三か月の予定より滞在が延びるかもしれないが、文句はないだろう？　しかも居候のひとりは、おまえがずっと会いたがっていたシュルケだ」

ミルテは口をつぐんだまま、こくんとうなずいた。言葉はまだ見つからない。ミルテはかわりに、彼に尋ねた。

「……せっかく一角獣騎士になったのに、すぐに帰らなくても大丈夫なの？　セフェイル帝国は、一角獣騎士をずっと欲しがってるんだよね？」

「一角獣騎士は、どこの国でどういった地位にあろうと、一角獣騎士団に所属する。騎士団の裁定を待てと言われるなら、待つのが義務だ。セフェイルが欲しいのは、一角獣騎士そのものよりもその立場だからな。帰国を急かす者など、いるはずがない」

ミルテはうっすら目もとを染めたが、自分では気づかなかった。シュルケのつややかなたてがみを半ば無意識に指にからめながら、なんとかふさわしい言葉に近づきたくて、そろそろとまた口をひらく。

「ベルゼリアが、こっそり言ってたんだけど」

聖女と一角獣騎士は管轄(かんかつ)が違う。ましてすでに森を離れたベルゼリアは、一角獣騎士団に意見できる立場ではないのだが、それでも彼女は個人的な見解としてミルテにささやいた。

「たぶん一角獣騎士団は、これからいろいろ巻きこんで大きく揉(も)めることになるだろうって。もしかしたら、分裂や、それどころか消滅しかねないくらいに」

ラースはあっさりうなずいた。

「だろうな。自分の一角獣が偽獣だなんて指摘されるのは、誰だって受け入れがたいはずだ。もともと強い者が偉いと思っているような人種だ、自分を守るためなら他を攻撃することを選ぶ騎士は少なくないだろうよ。しかもこの件は、それぞれの背後にある国の面目にも関わってくる」

ミルテもうなずき返した。一角獣騎士の数が国威の目安だと、以前ラースに教わった。どうしてそんなことになるのかいまだにミルテにはわからないが、実際そうなってしまっているのであれば、今回の話は一角獣騎士を超えて国同士の問題にもなる。一角獣騎士たちの厳しい顔も、それを悟ってのものだったのだろう。

「でも、何があろうと最終的にはきっと、偽獣をくわしく調べて対処していくってことでまとまるだろうって。自分が知ってる騎士たちなら、絶対にそうするって」

ラースは一角聖宮をふりむいた。それからまたミルテを見た。

「聖女という人種は、他人を信じるのが好きなんだな。特にスノフレイの泉主たちは」

どこかからかうような口ぶりだったが、金朱の両眼には、やわらかな光がある。

「だから一角獣は、聖女に自分たちの〈盟約〉の仲立ちを願うんだろう。騎士が騎士であるだけでは足りないものを、修騎士として聖女から授けてもらうために」

ミルテはまばたいた。また少し顔に血がのぼる。

「え──わたし、そんなことできてた？　本当に？」

残念聖女とずっと呼ばれて、泉主としても失格だと言われた。自分でもそう思っていた。いまも、ほかの者からすればそうなのかもしれない。だが、ラースが自分のおかげでシュルケと〈盟約〉を結べたと思ってくれるなら、それだけでいい。もう少しだけこの喜びにひたりたくて、ミルテはおもわずさらに訊いた。

「どんなこと？　わたしのどこが、そんなふうに思えたの？　いつ？」

「は？」

ラースがたじろいだ。さっとその目がそらされてしまう。

「どうでもいいだろう、そんなこと」

よくはない。仮にラースにとってはどうでもよくても、ミルテにとってはまったくどうでもいいことではなかった。ミルテは食い下がった。

「わたしにとっては大切なことなの！　お願い、教えて」

「おまえがおまえでいたから、こうなった。それだけのことだ」

「そんなの」

答えになってない、と抗議しようとすると、シュルケがラースに同意するように鼻を鳴らし、ミルテの肩に顔をすりよせてきた。

「ほらな。シュルケだってそう言っている」

ラースが笑った。

「ひどい、ごまかしてる」

ミルテはむっとふくれたが、すぐにこらえきれずに笑いだした。シュルケはもちろん、ラースもちゃんと言葉では教えてくれなかったが、こうして彼らと笑っているだけで、いま自分がいるべき場所にいるというあたたかな安心感に包まれる。そのこと自体が、何よりの答えのような気がした。

（わたし、やっぱりだめだな）

ふさわしい言葉はどうしても見つからない。せっかくラースが泉主として認めてくれたのに、彼を幻滅させてしまうような、素のままの言葉しか出てこない。

だが、もう言わないではいられなかった。ミルテは口をひらいた。

「それでベルゼリアの話だと、一角獣騎士団は各国の偽獣も調べることになるだろうから、そうなったら中心になるのは、ラースとシュルケと――あと、わたしになるだろうって」

おそるおそる様子をうかがいながら言ったのに、ラースはまったく驚きもなく受け止めた。まじめくさった顔で、シュルケの肩をぽんと叩く。

「実際はただの私怨だったとはいえ、なりゆきからして、まあそうなるだろうな。しかたない、もし一角獣騎士団から任が下ったら、あきらめてしばらく従うぞ、シュルケ」

彼自身はなにげなく口にしたはずの「しばらく」という単語がひっかかって、ミルテはかすかに息をついた。どこかで気がとがめているせいで、こんなささいなことにまでおびえてしまう。ミルテを大嫌いだと言っていたサクリーナも、こんな気持ちだったのかもしれない。

彼女のように、そんな影を心に隠して根を張らせてしまうわけにはいかない。ミルテは勇気を出して、きっと顔をあげた。

「それでね、たぶんなかには招集を無視して一角聖宮に来ない騎士もいるだろうから、その場合はわたしたちで行くことになるんじゃないかって」

ラースがふりむく。その顔が少し真顔に戻っている。

「要はベルゼリアどのの見立てでは、俺たちで、大陸全土の一角獣を調べることになりそうなのか？」

ミルテは慎重にうなずいた。

一体どれほどかかるのか、途方もない長期の役目になりそうだという漠然とした予想しかつかない。しかもそんな役目柄、行った先々で好意的に迎えられるはずもない。苦労は目に見えている。

役目以外も決して楽ではない。一年じゅう温暖なカンディカレドの森では経験したことのない、ちりちりと肌を焼く真夏の太陽と吹きすさぶ真冬の寒風は、旅すればただの苦痛でしかないだろう。たちくらみ以上にきつい不調も味わうことになるかもしれない。

暗い想像はいくらでもできた。だというのに、ラースとシュルケと大陸全土を旅して回る——その一事だけで、苦労への恐れがきれいさっぱり消えてしまう。

いままで見たことのない景色、食べたことのない料理。ラースがたどったカンディカレドの森への旅程も見てみたいし、彼の国も行ってみたい。彼が初めてシュルケと会ったその場所に自分も立ってみたい。

そしてできれば自分も、あの丘と両親と暮らした街を見つけたい——。

ラースとシュルケが一緒にいてくれたら、そんな夢が全部かなうような気がした。もしかなわなくても、それすらも必ず大切な思い出になってくれると確信できた。

だからベルゼリアの予想があたって、一角獣騎士団と一角聖宮が自分たちにそんな任務を授けてくれないかと願ってしまう。

「ごめんなさい、三か月を延長するどころじゃない話で、ラースにとってはものすごく負担だと思う。わたしが一緒にいたら、またいっぱい、ラースに迷惑をかけちゃうと思う――でもわたし、うれしいんだ。本当に自分勝手だなって思うけど、でも、そう思うことはやっぱりやめられなくて」

ひとりよがりな願いの告白に、ミルテの視線はついラースから逃げてしまう。それでもせめて言葉だけは、自分自身の気持ちから逃げたくない。

「――だってラースとシュルケと、ずっと一緒にいられるから――」

肩にやさしく手が触れて、ミルテは不意に抱き寄せられた。え、と彼を見あげるより早く、額にやわらかなキスを感じた。

「――」

彼はすぐに離れたものの、ミルテはそのまま真っ赤になって固まった。

「先にしたのは、ミルテだからな」

小さな笑い声が落ちてくる。

たしかに、最初に彼の額に口づけたのは自分だった。火事の記憶がそうさせたのか、彼への思いがそうさせたのか。あのときは体が勝手に動いていた。自分が何をしたのかはっきり思いださせられて、ミルテはますます赤くなった。顔があげられない。

「あっ、あれは、その、だから――」

心臓がばくばくと過剰に働きはじめて、ますます頭がくらくらしてくる。

「じょっ、状況が違っ――」

「同じだろう」

「そっそんなわけ――」

反射的に言い返しかけて、口ごもる。両親も、ミルテ自身も、あのとき思っていたことはたしかに同じだったかもしれない。

――あなたは、何よりも大切な人。

そうした思いをそっくり伝えたくての行為だった。

ミルテがそろそろと顔をあげると、ラースは白々しいくらいの真顔でいた。彼はおだやかに目を伏せ、うやうやしく礼をした。

「わが師よ、わが一角獣とともに喜んで供を務めさせていただきます」

彼の表情的には、その言葉は絶対にうそだった。そうでなくても、からかっていることは疑いようもなかった。

シュルケまでも、心なしうやうやしく頭を下げてくる。

彼らの冗談めかしたそんな態度が、それでいて偽りない本心であることを、いまのミルテは知っていた。

「――うん」

ミルテは笑った。心からの笑みだった。

今夜の空に月はない。だというのに、顔をあげたラースはまぶしげに目を細めた。そのせいで彼も、やはり笑っているように見えた。

《了》

あとがき

こんにちは、倉下青です。本作をお手にとっていただき、ありがとうございます。

前作からのこの一年は個人的にいろいろありまして、それだけにとても感慨深い作品となりました。勢いのままスピンオフまで書いてしまいましたので、本編と全然関係はありませんが、よろしければプロフィール欄記載のブログからどうぞ。パスワードは【so】です。


以前、竜のお話を書かせていただいたあと、同じくらい好きな一角獣が出てくるプロットを考えはじめました。

もともと馬には興味があって、乗馬体験で十二鞍乗れたときはとても楽しかったです。馬がよく人を見ていること、一頭一頭個性があること、またがった背が想像以上に広いこと、そして馬体が熱いくらいに温かいことが印象的な経験でした。ちょうど片足の鐙を踏みはずしたときにひっかけられて、走る馬の背に必死にしがみついて脚が痙攣するかと思ったこともいい思い出です。……思い出となったからこそですが。

考えはじめた当初の段階では「幻滅聖女」と「残念騎士」で、もう少し師弟らしい位置づけでした。それが一角獣以外の好きなものもあれこれ入れていくうちに、いつの間にか逆転しました。幸運にもそのプロットで書かせていただけることになりましたので、幻滅聖女の名残はベルゼリアに任せ、残念聖女ミルテと幻滅騎士ラースと一角獣シュルケのお話が始まりました。

冒頭部を読んでくださった担当様から、ミルテについて「残念さはとても伝わりました」と言っていただけたので、残念聖女にしてよかったと思っています。

ミルテが書けば書くほど残念になっていったので、ラースはどんどん世話焼きキャラになっていきました。以前の作品内で使いきれなかった中世料理を今回出すつもりではいましたが、彼が料理男子にまでなったのは担当様のアドバイスのおかげです。

好きなものの要素をあちこちに盛りこんだ本作は、全体を通してとても楽しく書けました。ですがもちろんそのすべてを入れられたわけではありませんので、またいつかどこかで書ければいいなと思います。

いつもいつもいつもお世話になっている担当様、またしてもタイトルをほとんどすべてお任せしてしまったような状態で、大変お手数をおかけいたしました……。いただいたアドバイスに、きちんとお返しができていればよいのですが。

キャラたちを活き活きとしたイラストにしてくださったjenny先生、ほんわかかわいいミルテとかっこいいラース（長髪バージョン付）とシュルケ、さらにはベルゼリアやハーロンサズたちまでいただけたときには、うれしくて声が出ました。本当にありがとうございます！

そのほかにもこの本に携わってくださったすべての方に御礼申しあげます。

そしてここまで読んでくださった読者の皆様、どうもありがとうございました。楽しんでいただけることを祈っています。

倉下青　拝

IRIS
ICHIJINSHA

残念聖女と一角獣の騎士
わたしの騎士になってください!

2020年10月1日　初版発行

著　者■倉下 青

発行者■野内雅宏

発行所■株式会社一迅社
〒160-0022
東京都新宿区新宿3-1-13
京王新宿追分ビル5F
電話03-5312-7432(編集)
電話03-5312-6150(販売)

発売元：株式会社講談社
(講談社・一迅社)

印刷所・製本■大日本印刷株式会社

DTP■株式会社三協美術

装　幀■AFTERGLOW

ISBN978-4-7580-9311-8

この本を読んでのご意見
ご感想などをお寄せください。

おたよりの宛て先

〒160-0022
東京都新宿区新宿3-1-13
京王新宿追分ビル5F
株式会社一迅社　ノベル編集部
倉下 青 先生・jenny 先生